Kottan ermittelt

Der Geburtstag

Helmut Zenker

KOTTAN ERMITTELT

DER GEBURTSTAG

Kriminalroman
nach Drehbuchvorlage

Der Drehbuchverlag
Wien

Gedruckt mit freundlicher Unterstützung von:
BUNDESKANZLERAMT ▪ KUNST

Produktionsjahr: 1977
Überarbeitete Ausgabe
Herbst 2005
Copyright © 2005 Der Drehbuchverlag, Wien
und Jan Zenker
Alle Rechte vorbehalten
Überarbeitete Ausgabe: © Jan Zenker
Lektorat: Michael Gebhardt
Umschlagbild: Josef Pfister
Umschlaggestaltung: Olivier Milrad
Alle Fotos im Kern: © Archiv Peter Patzak
Mit freundlicher Genehmigung von Peter Patzak
Material „Lokalaugenschein": © Christian Kadluba,
mit freundlicher Genehmigung
Herstellung: Books on Demand GmbH, Norderstedt
Printed in Germany
ISBN 3-902471-12-3
www.drehbuchverlag.com

Die Hauptpersonen

Adolf Kottan, 45
Major im Wiener Sicherheitsbüro, Leiter der K.Gr. I im Morddezernat, Chef über zwei Mitarbeiter

Alfred Schrammel, 50
Kottans ewiger Assistent, der zwar nicht immer glücklich agiert, dafür aber immer seine Dienstwaffe dabei hat

Paul Schremser, 55
Kottans Kollege im Sicherheitsbüro, hat bei einem Unfall ein Bein verloren

Fräulein Domnanovics, 33
Sekretärin im Sicherheitsbüro, hat wenig übrig für korrekte Rechtschreibung

Ilse Kottan, 46
Kottans Frau, ist mit ihrem Mann selten einer Meinung, spielt zuletzt dennoch eine tragende Rolle

Sissi Kottan, 20
Kottans Tochter, zu eigenwillig für ihren Vater, fliegt auf einen Flieger

Gerhard Bösmüller, 28
Bundesheerflieger, gelegentlich oder teilweise verlobt, hat unter der Woche anderes zu tun

Gustav Peschina, 36
Bundesbahnbediensteter, langsam zu alt, um ein Frauenheld zu bleiben

Erna Beer, 23
Bösmüllers Verlobte, leidet unter dieser Beziehung, aber nicht lange

Sylvia Koronek, 31
Peschinas Gelegenheitsaffäre, sollte manchmal vorsichtiger sein

Wirtin, 60
hat eher den falschen Beruf erwählt, führt trotzdem das einzige Gasthaus im Ort

Erich, 30
ihr Sohn, Wirt mit Interesse für sozialwissenschaftliche Untersuchungen

Pilz, 47
Beamter der niederösterreichischen Mordkommission, hat in anderen Fällen schon geschickter ermittelt

Seitinger, 43
Gendarm, ist nicht der schnellste Denker, hat aber auch nur ein Moped als Dienstfahrzeug

1

Es ist tiefster Winter, die parkenden Autos ruhen unter einer dicken Schneedecke, der Gehsteig ist knöchelhoch mit matschigem Schnee bedeckt. Major Kottan, Leiter der K.Gr. I im Morddezernat, spaziert ziellos durch das verschneite Wien. Bei einem Wagen, der direkt vor einer Kirche parkt, bleibt er stehen. Der Pkw kommt dem Kriminalbeamten bekannt vor. Er durchforscht in Gedanken die polizeilichen Fahndungsblätter und wird bereits nach kurzer Zeit fündig.

»Der Taschenmarder. Der wird doch net schon wieder beichten.«

Kottan erklimmt hastig die Stufen zum Eingang der Kirche.

In der Kirche wird gerade die Messe gelesen. Die Zahl der Besucher ist gering, nur auf den vorderen Bänken lauschen ein paar ältere Menschen dem Pfarrer. Unter ihnen ein Mann um die vierzig, den Kottan sofort als den Gesuchten identifiziert. Der Major bleibt beim hinteren Ausgang stehen und wartet. Er wählt eine Broschüre aus dem Holzregal und liest leise.

»Fort, fort, mein Herz, zum Himmel.«

Kottan schüttelt den Kopf und legt die Broschüre zurück. Er wirft noch einen weiteren Blick auf die Betenden. Dieses Mal bemerkt ihn der gesuchte Mann und beginnt unruhig auf der Bank hin und her zu rutschen. Die alten Frauen neben ihm mustern ihn missbilligend.

Plötzlich springt er auf, läuft zur Seitentür und entkommt ins Freie. Kottan bekreuzigt sich rasch, bevor er mit lauten Schritten durch den Haupteingang ins Freie eilt. Stille zieht wieder in der Kirche ein, nur unterbrochen von den hallenden Worten des Pfarrers, der unberührt vom Lärm die Messe weiterliest.

Der Flüchtende springt die Stiegen vor der Kirche hinunter. Dem Major ist es beinahe gelungen, dem Flüchtenden den Weg abzuschneiden, er ist dicht hinter ihm, als er auf den schneebedeckten Stufen ausrutscht. Der Mann schafft es unbehelligt bis zu seinem Auto und rast davon. Kottan läuft auf der Fahrbahn hinter dem Fluchtauto her, doch vergeblich. Außer Atem bleibt er mitten auf der Straße stehen. Gerade noch rechtzeitig bemerkt er einen Wagen, der sich ihm von hinten nähert. Wild gestikulierend zwingt der Major den Fahrer zum Anhalten. Als er einsteigt, erkennt er, dass hinter dem Lenkrad ein Pfarrer mit dicken Brillengläsern sitzt. Kottan erteilt ihm einen unmissverständlichen Befehl.

»Polizei. Schnell, fahren S' dem weißen Auto da vorn nach!«

Der Pfarrer gehorcht sofort.

»Gern. Auf so eine Gelegenheit wart ich schon seit Jahren.«

Geradezu erfreut gibt er Gas. Das Auto driftet durch die Kurven. Kottan wird gegen den Sitz gedrückt. Ohne die Geschwindigkeit zu verringern, tauscht der Pfarrer seine Brille gegen eine Sportbrille aus.

»Sind Sie wirklich von der Polizei?«, erkundigt er sich.

»Ja. Geben S' nur Gas!«

»Na ich frag ja nur, wegen der Geschwindigkeitsbeschränkung.«

Kottan winkt ab.

»Die können S' vergessen. Im Moment.«

Der Priester schnallt sich während des Fahrens an und fährt immer schneller. Kottan registriert das Anschnallen mit einer gewissen Beunruhigung. Sein Fahrer plaudert unbekümmert weiter.

»Ich wollt' eigentlich nur mein' Bruder abholen. Der is auch Pfarrer.«

»Die Messe is' eh noch net aus«, beruhigt ihn Kottan.

»Wir fahren nämlich gemeinsam Rallyes.«

Kottan wirft ihm einen nervösen Blick zu, unsicher, ob der Geistliche einen Scherz gemacht hat.

»Rallyes? Sie?«

»Ja.«

Kottan packt den Haltegriff und umklammert ihn fest. Der Pfarrer hat sich inzwischen Rennhandschuhe übergestreift.

»Sie fahren ja wirklich wie der Teufel«, lobt Kottan.

»Wie wer?«

Kottan ist verlegen.

»Ich wollt' sagen ... na ... 'tschuldigung.«

Mittlerweile haben der Gottesmann und der Major das andere Auto beinahe eingeholt.

»Na den werden wir eh gleich haben«, verspricht der Priester. »Soll ich ihn rammen?«

»Um Gottes willen, nein!«, ruft Kottan. »Wir zwingen ihn nur zum Anhalten!«

Der Pfarrer ist eindeutig enttäuscht, nickt aber gehorsam.

»Na gut, von mir aus.«

Plötzlich vergrößert sich der Abstand zum Fluchtauto, der Wagen des Geistlichen wird langsamer und bleibt schließlich ganz stehen.

Kottan ist verärgert.

»Was is' jetzt los?«

Der Pfarrer schüttelt den Kopf.

»Ich weiß net.«

»So tun S' doch was!«, verlangt Kottan lautstark, Verzweiflung macht sich breit.

Der Priester versucht zu starten. Der Wagen springt aber nicht mehr an.

»Der springt net an. Ich versteh das net«, resigniert er nach drei weiteren Versuchen. Vor ihnen wird währenddessen das Fluchtauto immer kleiner. Der Pfarrer setzt wieder seine normale Brille auf.

Kottan setzt ein finsteres Gesicht auf, bleibt aber innerlich ruhig. Der Pfarrer bemüht sich vergeblich den Wagen nochmals zu starten, er tritt auf das Gaspedal, schaltet, klopft auf das Armaturenbrett. Dann ist er sich sicher:

»Da. Der Tank is' leer.«

Kottan schüttelt den Kopf.

»Das gibt's doch gar net. So was gibt's doch sonst nur im Film.«

Der Geistliche sinkt zusammen. Kottan, der seine Stimme kaum erhoben hat, schüttelt mehrmals den Kopf, bevor er resigniert aus dem Seitenfenster starrt. Dann wendet er sich an den Pfarrer.

»Wo haben Sie denn Ihren Führerschein g'macht? Im Vatikan?«

»Des war halt...«

»Was?«, unterbricht Kottan ungeduldig.

»Vorsehung«, antwortet der Pfarrer leise und senkt demütig den Kopf.

Eine Dreiviertelstunde später ist Kottan im Sicherheitsbüro. Er steht am Gang vor dem roten Getränkeautomaten, wirft die erforderlichen Münzen ein und drückt eine Taste. Das Ergebnis ist lautes Rumpeln im Inneren des Automaten. Der Major schlägt mehrmals mit der Faust gegen die Maschine, aber keine Flasche fällt nach unten. Unbemerkt taucht Schremser hinter ihm auf und verfolgt Kottans Bemühungen.

»Heut hast aber bei gar nix Erfolg«, spottet er.

Kottans ärgerliches Gesicht wird plötzlich selbstsicher.

»Wieso? Is' eh schon da.«

Tatsächlich, ein kräftiger Fußtritt Kottans, der Automat befolgt die höfliche Aufforderung und spuckt die gewünschte Flasche aus. Kottan hält sie triumphierend hoch und entfernt dann den Kronenkorken am Automatenöffner. Dabei lässt er Schremser, der den Gang entlang geht, nicht aus den Augen. Das Cola schäumt unbemerkt aus der Flasche und rinnt Kottan über die Hand. Ein schneller Schluck, vergeblich. Schon ziert Kottans Hemd ein großer brauner Fleck mitten auf der Brust. Schremser kommt zurück.

»Ich hab's ja g'sagt.«

»Du kannst mich...«

Schremser hebt mahnend den Zeigefinger.

»Aber!«

Wenig später sitzt Kottan, halbwegs trocken, in seinem Büro und diktiert der Sekretärin die letzten Zeilen eines Berichts.

»Erwin Haushofer wurde bereits am 12. Februar ins Gerichtsgefängnis Wien 9 überstellt. Punkt, Schluss. Sie können das Blatt ausspannen, Fräulein Domnanovics. Ich unterschreib's gleich.«

Die Sekretärin, die eine dicke Brille trägt, überreicht Kottan den getippten Bericht.

»Bitte.«

Kottan unterschreibt, liest dann noch einmal den Bericht durch. Die Sekretärin geht inzwischen zur Espressomaschine, die auf einem kleinen Tisch in einer Nische steht.

Verzweifelt schüttelt Kottan den Kopf und spricht mit sich selbst.

»Jede Menge Fehler.« Er dreht sich zur Sekretärin um, seine Stimme wird lauter: »Fräulein Domnanovics!«

»Ja?«

Kottan überlegt es sich anders, schüttelt abermals den Kopf und winkt ab.

»Na, nix. Wird eh beim zweiten Mal Schreiben auch net besser.«

Er legt seine Füße auf die Schreibtischplatte und lehnt sich zurück. Da nähert sich sein Assistent.

»Is' der Haushofer-Akt schon fertig?«, will Schrammel wissen.

»Grad fertig geworden. Kannst ihn noch einmal durchschauen.«

Schrammel setzt sich hin, blättert im Akt, liest und schüttelt ebenso wie Kottan den Kopf.

»Jede Menge Fehler«, murmelt er und nimmt einen Kugelschreiber zur Hand um sie auszubessern.

Kottan hat andere Sorgen.

»Is' Zeit, dass des Wochenende anfangt. Eine Viertelstunde noch.«

Schrammel schaut auf die Uhr und korrigiert seinen Vorgesetzten.

»Zwanzig Minuten.«

Kottan überhört den Einwurf und kommt wieder auf den Bericht zu sprechen.

»Den Kinomörder haben wir in zwei Stunden g'habt. Am dazugehörigen Bericht sind wir dafür ganze drei Tage g'sessen.«

»Dafür sitzt er jetzt zehn Jahr'«, ist Schrammel zufrieden.

Kottan ist anderer Ansicht.

»Höchsten fünf. Und dann is' er eh schnell wieder bei uns«, ist der Major überzeugt. »Und was sagst zu unserer Miss Orthografie?«

Die angesprochene Sekretärin bringt auf einem kleinen Tablett Kaffee für Schrammel und Kottan und stellt jedem eine Tasse hin.

»So. Bitte.«

Kottan bedankt sich, nimmt einen Schluck, verbrennt sich dabei die Lippen und stellt die Tasse schnell wieder ab.

»Heiß?«, fragt die Sekretärin.

Kottan nickt.

»Mhm.«

»Kochen muss ich ihn schon«, erklärt sie und verlässt das Zimmer, begleitet von Kottans unfreundlichem Blick.

Schrammel nimmt die Sekretärin in Schutz.

»Ärgern Sie sie lieber net. Kaffeekochen kann s' ja an sich ganz gut.«

»Ja, zumindest besser als Schreibmaschinenschreiben.«

»Unsere Schreibmaschinen sind auch nimmer die jüngsten«, meint Schrammel und zeigt auf das mindestens 30 Jahre alte Modell im Büro.

Kottan macht eine abfällige Handbewegung.

»Ach was. Auf einer elektrischen kann's doch jeder Analphabet.«

Wenige Minuten später ist für diese Woche Dienstschluss. Kottan und Schrammel verlassen das Büro und kommen auf ihrem Weg zum Ausgang an der Kantine vorbei. Dort sitzt Schremser alleine an einem Tisch vor einem leeren Teller und raucht eine Zigarette.

»Du kommst ja morgen. Oder?«, erkundigt sich Kottan.

Schremser nickt.

»Freilich.«

»Es gibt ja was umsonst«, mischt sich Schrammel grinsend ein.

»Gott sei Dank hab ich nur einmal im Jahr Geburtstag«, freut sich Kottan und geht weiter.

»Hast du nur Kollegen eing'laden?«, ruft ihm Schremser nach.

»Fast nur. Der Kreisky hat abg'sagt. Fahrst du heut noch raus?«

»Bestimmt net. Bei dem Wetter? Erst morgen in der Früh. Den Schrammel nehm ich dann mit.«

»So?«

»Ja«, bestätigt Schrammel.

Schremser will Kottan nicht ohne eine spitze Bemerkung ins Wochenende entlassen.

»Na ja, wieder einen Schritt näher bei der Pension. Alt wirst.«

Kottan macht eine abfällige Handbewegung und marschiert mit Schrammel zur Stiege.

»Der muss was sagen, der Schremser. War ja selber schon mit einem Fuß ... ich mein ... also fast in der Frühpension.«

Für diese Bemerkung erntet Kottan von Schrammel nur einen vorwurfsvollen Blick. Zusammen verlassen sie das Sicherheitsbüro.

Wenig später steht Kottan vor seiner Wohnung. Er sperrt die Tür auf, betritt das Vorzimmer und drückt die Tür von innen mit dem Rücken zu. Seine Frau steckt ihren Kopf aus der Küche.

»Ah du bist es.«

»Wer sonst?«, fragt Kottan. »Seids leicht schon beim Essen?«

Er stellt seine Tasche ab und zieht den Mantel aus. Frau Kottan erscheint jetzt zur Gänze in der Tür, die in die Küche führt.

»Ich bin eigentlich noch beim Kochen. Außerdem is' die Sissi heut gar net da.«

Kottan scheint weniger die Abwesenheit seiner Tochter zu interessieren als das Abendessen.

»Was kochst denn?«

»Faschiertes.«

»Und Suppe?«

»Gibt's auch. Wir könnten nach dem Essen gleich fahren«, schlägt Frau Kottan vor.

Kottan ist zu müde, möchte heute eigentlich nur noch in Ruhe ausspannen.

»Wir fahren heut nimmer. Erst morgen in der Früh«, bestimmt er.

»Aber du hast doch g'sagt, dass du heut schon in den Garten fahren willst.«

Kottan imitiert jetzt Schremser.

»Bei dem Wetter?«

Frau Kottan hebt gleichgültig die Schultern.

»Mir is's nur recht. Dass wir bei der Kälten in den Garten fahren, find ich eh blöd.«

»Ich hab Geburtstag«, erinnert er seine Frau und deutet mit dem Zeigefinger von unten auf sein Gesicht.

»Is' mir bekannt.«

»Ich hab noch jeden Geburtstag im Garten g'feiert«, behauptet Kottan stur, jedes einzelne Wort betonend.

Dann verschwindet er durch die Wohnzimmertür, sein Bedarf an Kommunikation ist vorerst gedeckt. Frau Kottan hat dennoch – oder deshalb – das letzte Wort, das Kottan jedoch ignoriert.

»G'scheit is' des ja trotzdem net«, ruft sie mit erhobenem Kochlöffel.

Im einzigen Wirtshaus des Dorfes, in der Tullner Au, wo die Familie Kottan ihr Wochenendhaus hat, ist nicht viel Betrieb, als der Bundesheerflieger Bösmüller in Uniform das Lokal betritt. Der ÖBB-Bedienstete Peschina und seine Freundin Sylvia sitzen an einem Tisch. An einem zweiten Tisch spielen zwei Männer Karten. Hinter dem Schanktisch steht Erich, der Sohn der Wirtin, und trocknet langsam und gründlich die Gläser ab. Peschina dreht sich um und hebt zur Begrüßung die Hand.

»Servas Bundesheer.«

»Servas Bundesbahn«, entgegnet Bösmüller.

»Suchst wen?«

»Ja.«

Sylvia mischt sich ein.

»Die Sissi is' drinnen«, sagt sie und zeigt auf den Eingang zum zweiten Gastzimmer.

»Seit fast zwei Stund'«, ergänzt Peschina.

Bösmüller antwortet nicht und schlendert ins zweite Gastzimmer.

»Die fliegt auf den Flieger«, flüstert Peschina seiner Freundin zu und erfreut sich an seiner, wie er meint, originellen Bemerkung.

Im Nebenzimmer sitzt nur Sissi Kottan. Sie steht auf, als Bösmüller näher kommt.

»Servus. Wegen mir musst net aufstehen.«

Er zwickt sie in die Wange, Sissi setzt sich wieder hin.

»Hast schon lang auf mich g'wartet?«, erkundigt er sich und betrachtet sein Konterfei im Wandspiegel.

»Na«, lügt Sissi.

»Wir haben noch Übungsflüge machen müssen«, erklärt Bösmüller sein spätes Erscheinen. »Wo können wir heut hin?«

»Zu mir. Das heißt ... ins Haus von meinen Eltern«, bekennt Sissi.

»In die Siedlung?«

»Ja.«

Die Wirtin kommt von hinten und legt Bösmüller die Hand auf die Schulter.

»Was willst trinken?«, will sie wissen.

»Gar nix. Wir gehen schon wieder.«

Bösmüller fixiert die Hand auf seiner Schulter.

»Und des hat bei mir gar keinen Sinn.«

Die Wirtin zieht die Hand weg. Sie nimmt den Geldschein, den Bösmüller auf den Tisch gelegt hat, und geht hinaus. Bösmüller hilft Sissi in den Mantel. Er vermutet eine kalte Nacht im Wochenendhaus am Rand der Siedlung in der Au.

»Also, gehen wir halt in deine Eisburg.«

»Ich war eh schon am Nachmittag dort.«

»Und?«

»Ich hab eing'heizt.«

Sissi und Bösmüller passieren die vordere Stube. Der Pilot streift mit Absicht das Mädchen, das beim Zigarettenautomaten steht.

»Servas Bundesbahn«, grüßt er Peschina.

»Servas.«

Bei der Tür dreht sich Bösmüller noch einmal um. Die Wirtin steht jetzt hinter Peschina und hat die Hand auf seine Schulter gelegt.

Kottan sitzt im Wohnzimmer auf der Couch und verfolgt im Fernsehen einen Bericht über ein Skirennen. Seine Frau serviert auf einem Tablett einen Teller Suppe und das Hauptgericht. Kottan trägt noch immer seinen Anzug, hat nur die Krawatte abgebunden.

»Kommt die Sissi heut?«, will er wissen.
»Na. Die is' schon am Nachmittag hinausg'fahren, ins Haus.«
Kottan ist das nicht recht.
»Die is' allein im Garten?«
»Ja. Willst ihr jetzt nachfahren? Deine Tochter is' zwanzig.«
»Des sagt gar nix. Immerhin is' unser Haus am Rand von der Siedlung.«
»Is' des so schlecht, wann wir einmal allein daheim sind?«
Kottan lächelt seine Frau gezwungen an.
»Eh net.«
Er nimmt den ersten Löffel Suppe, verbrennt sich die Lippen und lässt den Löffel in den Teller fallen.
»Heiß?«, fragt Frau Kottan.
»Mhm.«
»Kochen muss ich sie schon.«

Die Wochenendsiedlung, in der sich das gemauerte Haus der Familie Kottan befindet, liegt im Au- und Hochwassergebiet der Donau. Das Haus steht, wie die anderen auch, auf Pfeilern. Sissi und Gerhard Bösmüller klettern die Holztreppe hinauf zur Veranda. Es ist bereits dunkel. Sissi hat die Außenbeleuchtung eingeschaltet und registriert zufrieden, dass ihre Eltern wie erhofft nicht anwesend sind.
»Und deine Eltern kommen heut nimmer?«
»Na, wann s' bis jetzt net 'kommen sind.«
Sie sperrt die Tür auf.
»Des is' fast eine Polizistensiedlung da«, erklärt sie ihrem Begleiter. »Etliche Kollegen vom Papa haben Häuser da heraußen.«
Sie öffnet die Tür, betritt das Zimmer und dreht das Licht auf. Dann wendet sie sich ihrem Begleiter zu, der an der Türschwelle zögert.
»Was is' los? Willst jetzt nimmer?«
Bösmüller sieht sich skeptisch um.
»Na ja, bei so viel Polizei in der Nachbarschaft...«, erwidert er.
Schließlich betritt er das Haus und schließt die Tür hinter sich.
»Magst vielleicht wegen der Erna nimmer?«, vermutet Sissi.
Der Pilot reagiert ungehalten.
»Was willst jetzt mit der Erna?«

»Du bist ja mit ihr verlobt.«
»Die Erna kommt erst morgen.«
Sissi seufzt.
»Ja, ja. Am Wochenende bist verlobt. Am Freitag bin ich dran. Und unter der Wochen...«
Bösmüller unterbricht sie.
»Des hast alles von Anfang an g'wusst.«
»Aber die Erna weiß nix.«
»Wenn du ihr des net sagst.«
Sissi hat inzwischen ihre Jeans ausgezogen. Bösmüller reibt sich die Hände, ärgert sich über das kalte Haus.
»Da is' immer noch wie in einem Eiskasten.«
»Ich bin trotzdem lieber da. Ins Gästezimmer vom Wirtshaus hätt' ich mich nimmer getraut.«
Sissi legt die Arme um seine Hüfte.
»So kalt is' doch gar net.«
»Ich bin keine Wärm'flaschen. Ich bin Flieger.«
»Willst net landen?«
»Jetzt bist überhaupt einmal still«, bestimmt Bösmüller und drängt sie zum Bett.

Kottan sitzt immer noch auf der Couch und studiert unzufrieden das Wochenprogramm, während im Hintergrund der Fernsehapparat läuft.
»Früher war am Freitag wenigstens der Kommissar«, jammert er.
Die Stimme seiner Frau dringt durch die Glastür aus dem Badezimmer.
»So gern bist doch gar net bei der Polizei, dass du dich in deiner Freizeit für Fernsehkollegen interessieren musst.«
»Mit denen muss ich wenigstens net zusammenarbeiten. Außerdem ... mit meine miesen Fälle käm' ich nie ins Fernsehen.«
Kottan schaltet den Fernsehapparat ab, plaudert dann wieder über Krimiserien.
»Hin und wieder hab ich diese Serien ja sogar direkt gern.«
»Warum denn?«
»Erstens, die Täter werden immer erwischt. Wie bei uns. Und außerdem sind die Kriminalbeamten immer so menschlich.«

»Was is' mit dem Nachtfilm?«

»*Mata Hari*, zum vierten Mal.«

Frau Kottan erscheint im langen Nachthemd und mit Lockenwicklern im Haar.

»Gehst halt einmal früher schlafen.«

Der Vorschlag stößt bei Kottan auf wenig Gegenliebe. Er dreht den Fernseher wieder auf und zündet sich eine Zigarette an.

2

Am nächsten Morgen machen sich Kottan und seine Frau frühmorgens auf den Weg in ihr Wochenendhaus. Sie fahren durch das Dorf an der Donau, Frau Kottan sitzt am Steuer. Gleich nach dem Ortsende ist die Zufahrt zur Wochenendsiedlung. Das Auto kommt am Dorfwirtshaus vorbei.

»Fahr rechts zu«, befiehlt Kottan.

»Was willst denn in aller Früh beim Wirten?«

»Eine Kisten Bier nehm ich gleich mit. Kommst mit hinein?«

»Ich geh in kein Wirtshaus«, entrüstet sie sich und schüttelt den Kopf.

Frau Kottan hält den Wagen an. Kottan steigt aus, überquert die Straße und betritt das Wirtshaus.

Das Wirtshaus ist fast leer. Am ersten Tisch neben dem Ausschank sitzt Gerhard Bösmüller bei einem Kaffee und blättert in einer Zeitung. Erich steht beim Schanktisch und isst eine Eierspeis. Die Wirtin kommt vom Hof in die Stube.

»Morgen, Herr Inspektor«, grüßt sie.

»Inspektor gibt's kan. Und am Wochenende schon gar net«, belehrt Kottan sie.

Die Wirtin macht eine enttäuschte Geste.

»Eine Kiste Bier hätt' ich gern.«

»Lager oder Spezial?«

»Spezial.«

»Ich hol's schon«, bietet Erich an.

Er legt seine Gabel an den Tellerrand und verschwindet im Lager. Die Wirtin erinnert sich an den Anlass für Kottans Erscheinen.

»Ich versteh, Ihr Geburtstag is' wieder. Dann kriegen S' von mir aber auch des obligate Stamperl. Wollen S' eh einen?«

Kottan ist nicht abgeneigt.

»Wann S' mich bitten.«

Erich erscheint mit einer Kiste Bier, die er auf dem Tisch abstellt. Er sieht, dass die Wirtin die Obstlerflasche in der Hand hat.

»Und ich krieg nix?«

»In aller Früh net«, bestimmt sie und schenkt zuerst Kottan und dann sich selbst ein Gläschen Schnaps ein.

»Also ... prost.«

»Prost«, Kottan hebt sein Glas in die Höhe und leert es in einem Zug. »Drei Doppler Weißen brauch ich auch noch.«

Die Wirtin nickt.

»Mhm.«

Erich rührt sich nicht von der Stelle.

»Hörst schlecht?«, treibt ihn die Wirtin erneut in Richtung Lager.

»Was macht des zusammen?«, erkundigt sich Kottan mit einer kreisenden Handbewegung.

»Des Spezi macht 120, der Wein 180, des sind 300 g'rad'aus.«

Kottan zahlt und steckt die Brieftasche ein. Erich bringt die Weinflaschen.

»Der Erich tragt Ihnen die Sachen schon zum Wagen.« Die Wirtin schenkt Kottan ein Lächeln.

»Danke.«

Erich legt die Flaschen auf die Bierkiste und trägt die Kiste zur Tür. Kottan folgt ihm, bleibt plötzlich stehen und zeigt auf eine Tafel, auf der ein rundes, weißes Schild mit rotem Rand zu sehen ist. Im weißen Feld ist der Kopf eines Langhaarigen zu sehen, der Kopf ist durchgestrichen.

»Was heißt des Verkehrszeichen?«

»Des is' die Kundschaft, die bei mir unerwünscht is'«, erklärt die Wirtin.

Erich wartet bei der Tür. Kottan nickt.

»Versteh schon. Aber heut schauen doch viele von den Jungen so aus.«

»Eben. Nix arbeiten, verwahrlost und Rauschgift den ganzen Tag. Die g'hören doch zur Arbeit gezwungen.«

»Sie meinen ... wie früher ?«

»Na, des hab ich net g'sagt«, entrüstet sich die Wirtin.

Kottan öffnet Erich die Tür, hebt andeutungsweise den rechten Arm in die Höhe.

»Also dann, Heil Hitler.«

»Wiederschauen, Herr Inspektor.«

Kottan geht hinaus.

»War des einer von die Polizisten aus Wien?«, erkundigt sich Bösmüller bei der Wirtin, nachdem die Eingangstür zugefallen ist.

»Ja.«

»Wie heißt der denn?«

»Kottan.«

Bösmüller erschrickt und fragt noch einmal.

»Kottan?«

Er schaut zur Tür, durch die Kottan gegangen ist. Die Wirtin nickt. Bösmüller wirft die kleinformatige Zeitung auf den Tisch, schimpft.

»Habts ihr kein anderes Blattl?«

»Also von meine' Gäst' verlangt nie wer eine andere Zeitung.«

Vor dem Wirtshaus öffnet Kottan den Kofferraum. Als Erich die Bierkiste und die Weinflaschen hineinstellt, fährt ein Auto hupend vorbei. Es sind Schremser und Schrammel, Kottan schaut hoch, hebt den Arm.

»Beim Wirten war er schon«, stellt Schremser im Auto fest.

Schrammel dreht sich um.

»Mit der einen Kisten da will der auskommen?«

»Ja, ja, des will er jedes Jahr. Is' aber noch nie gelungen.«

Kurze Zeit später treffen Schremser und Schrammel in der Wochenendhaussiedlung ein. Schremser lenkt den Wagen über einen verschneiten, ungeräumten Schotterweg zu einem kleinen Haus, das direkt neben dem von Kottan steht. Beim Aussteigen deutet er seinem Beifahrer.

»Da hinten wohnt der Chef.«

Schrammel ist wenig beeindruckt.

»Billig, aber geschmacklos.«

»Da irrst dich. Da steckt die Arbeit von Jahren drinnen und eine Menge Geld.«

Jetzt nähert sich auch der Wagen mit dem Ehepaar Kottan. Der Major steigt aus und sperrt das Einfahrtstor auf, damit seine Frau unter dem Haus parken kann.

»Morgen!«, ruft Schremser seinem Nachbarn zu.

»Morgen!«

Unbemerkt erweitert Kottan seinen Gruß um eine deutlich abfällige Handbewegung. Dann weist er seine Frau ein, die trotz seiner Hilfe zielgerichtet den linken Einfahrtspfosten rammt. Kottan klatscht in die Hände.

»Ja, ja, des hab ich g'sehen. Des hab ich gleich kommen g'sehen!«

Seine Frau wirft ihm aus dem Seitenfenster des Wagens einen vorwurfsvollen Blick zu.

»Du hast mich eing'wiesen, hab ich geglaubt.«

Kottan schweigt und wiederholt seine abfällige Handbewegung.

Frau Kottan schleppt einige Taschen die Stufen hinauf, gefolgt von Kottan, der das leichte Gepäck trägt. Sie stellt die Taschen ab um die Tür zu öffnen. Die Tür ist versperrt.

»Deine Tochter hat sich eing'sperrt«, stellt sie überrascht fest.

»Des is' eh brav.«

Frau Kottan klopft an die Tür.

»Sissi! Mach auf! Wir sind's!«

Im Haus rührt sich nichts. Frau Kottan wird sofort nervös und legt die Hände auf ihre Wangen.

»Der wird doch nichts passiert sein...«

Kottan schüttelt entschieden den Kopf.

»Geh, was denn?«

»Sie sperrt doch sonst nie ab«, sorgt sich seine Frau. »Außerdem ist unser Haus schließlich am Rand von der Siedlung.«

Ihr Mann bleibt immer gelassen.

»Na, dann is' es ja in Ordnung und auch völlig vernünftig, wann s' absperrt.« Jetzt klopft er auch. »Sissi! Hörst schlecht?« Als niemand reagiert, wendet sich Kottan an seine Frau: »Wo hast denn die Schlüssel, Ilse?«

»Unten. Im Handschuhfach.«

Sie will schon die Stufen hinuntereilen, da nimmt Kottan einen Schlüssel aus der eigenen Tasche.

»Was man net im Kopf hat, hat man in die Füß'! Kannst dableiben.«

Sie dreht sich um und sieht, dass ihr Mann triumphierend den Hausschlüssel hochhält.

»Ich hab immer einen Schlüssel bei mir«, erklärt er und sperrt die Tür auf.

Kottan und seine Frau betreten das Zimmer. Es ist völlig dunkel. Frau Kottan dreht sofort das Licht auf. Sissi liegt ziemlich verdreht im Bett, teilweise bedeckt von der Steppdecke. Ein Bein hängt über den Bettrand.

»Na servas«, kommentiert Kottan, während er sich über das Bett beugt.

Er schüttelt seine Tochter, die zunächst nicht reagiert, sich dann aber ungehalten die Decke über den Kopf zerrt und weiterschlafen will.

»Drehts das Licht ab, mitten in der Nacht.«

Frau Kottan zieht die Vorhänge zurück, die helle Wintersonne sticht in den Raum und Sissi ins Gesicht. Sie hält sich die Hände vor die Augen.

»Jetzt is's zehn Uhr, meine Liebe. Bleibst halt net immer so lang auf«, empfiehlt Kottan.

Sissi gähnt.

»Zehn is's?«

Kottan wirft einen Blick auf seine Armbanduhr.

»Vorbei!«

Frau Kottan entdeckt inzwischen zwei leere Schnapsgläser auf dem Tisch, nimmt sie in die Hand, betrachtet sie verwundert und stellt sie dann in die Abwasch.

»Brauchst du jetzt leicht schon zwei Gläser zum Trinken?«

»Zwei Gläser?«, fragt Kottan. »Du stellst vielleicht Fragen, Ilse. Fallt dir nix auf? Na? Besuch hat s' g'habt, net?«

»Wannst eh alles so genau weißt...«, kommentiert Sissi gelangweilt.

Kottan blickt forschend durchs Zimmer, sucht nach weiteren Indizien. Schließlich geht er zum Tisch und entdeckt darunter seine Hausschuhe.

»Aha! Meine Patschen steh'n net auf ihrem Platz. Da. Und mei' Haarbürsten liegt auf'm Tisch.« Er nimmt die Bürste, inspiziert sie sorgfältig. »Meine Haar' sind das bestimmt net!«

Sissi setzt sich auf, sagt aber nichts.

Frau Kottan lehnt am Türstock zur Küche, lobt den kriminalistischen Instinkt ihres Gatten mit spöttischem Blick.

»Bravo, Jerry Kottan.«

Sissi schleudert eine weitere herausfordernde Bemerkung in Richtung ihres Vaters.

»Der Besuch is' sogar noch im Haus, Papa. Schau mal in den Kasten!«

Einen Augenblick zögert Kottan misstrauisch. Dann stürmt er zum Kleiderkasten, reißt blitzschnell die Tür auf und schiebt Hemden und Kleider beiseite. Natürlich ist niemand im Kasten, Frau Kottan amüsiert sich – ganz im Gegensatz zu ihrem Mann.

»Deine blöden Witz', die kannst woanders machen, junge Dame! Da, in mein' Haus, hast des erste und letzte Mal Besuch g'habt. In mein' Haus gibt's so was net. Verstehst?«

»Ich bin alt genug.«

Kottan fuchtelt aufgeregt mit den Armen in der Luft.

»So alt kannst du gar net werden, dass ich meine Erlaubnis zu ... zu so was geb!« Dann zieht er ihr die Bettdecke weg. »Und jetzt stehst auf!«

»Sadist!«, schimpft Sissi.

Schremser und Schrammel stehen vor dem Haus. Lauter Flugzeuglärm ist zu hören. Schremsers Gesicht ist müde, Schrammel schaut nach oben.

»Sehen tut man's net.«

»Der Lärm genügt ja. Des haben wir net g'wusst damals, dass die oft ein paar Mal in der Wochen üben.«

Schrammel ist überrascht.

»Aber der Militärflugplatz is' da doch schon seit dreißig Jahr' ganz in der Näh'.«

Sein Kollege schaut verlegen.

»Na ja, an des haben wir eben irgendwie net so gedacht, damals.«

Am frühen Nachmittag umringen die Gratulanten und das Geburtstagskind ein größeres Lagerfeuer am Donauufer. Zu Kottan, Schrammel und Schremser sind noch weitere Kriminalbeamte aus Wien gestoßen, teilweise in Begleitung ihrer Frauen. Sie sitzen auf Campingsesseln, Gemüsekisten und alten Autositzen, die im Schnee halbkreisförmig aufgestellt sind, und singen Geburtstagslieder.

Das letzte beenden sie mit den Zeilen: »Mörder soll er fangen, dreimal soviel!«

»Na ja, mit meiner Hilfe...«, wirft Schremser ein.

Dann heben sie ihre Schnapsgläser oder Bierflaschen, je nach Geschmack und Laune, und nehmen einen Schluck. Kottan hat sein Stamperl gleich in einem Zug geleert und wirft es ohne zu schauen hinter sich.

»Wann des Ihr' Frau sieht«, warnt Schrammel.

Die steht daneben und bemerkt: »Sie hat's gesehen.«

Eine der Polizistenfrauen knüpft an Schremsers vorherige Bemerkung an, wendet sich zu Kottan.

»Auf die Hilfe vom Schremser werden S' wohl oder übel ang'wiesen sein. Immerhin is' er jetzt wieder in Ihrer Gruppe.«

Kottan lächelt gequält.

»Jo, leider.«

»Was heißt leider?«, will einer der Polizisten von Kottan wissen.

Jetzt meldet sich Schremser selbst zu Wort.

»Wärst' halt im Fall Gertrude Klenner net nur hinter die Jugoslawen herg'wesen«, meint er vorwurfsvoll in Richtung Kottan.

Der versucht sich zu verteidigen.

»So unlogisch war des gar net.«

Schrammel mischt sich ebenfalls ein, grinst.

»Eh net, aber falsch.«

»Auf jeden Fall hab ich dich am Hals. Des steht fest«, sagt Kottan zu Schremser.

Schremser kaut an einem Hühnchen, zeigt mit einer Keule auf Kottan.

»Kismet. Wenn du so weitergearbeitet hättest, wärst schon wieder im Verkehrsdienst.«

Kottan lacht.

»Da brauchst du ja keine Angst haben, dich nehmen s' dort net. Höchstens als Straßensperre.«

»Sehr witzig«, lautet Schremsers Kommentar.

»Zum Polizisten muss man geboren sein, hat mein Vater immer g'sagt«, wirft einer der Kriminalbeamten großspurig ein.

»Der war aber Friseur«, weiß Schremser.

Der Beamte ist erstaunt.

»Ja...«

Frau Kottan unterbricht das Gespräch.

»Könnts net von was anderem auch noch reden?«

»Gern«, meint ihr Mann.

»Wer will noch Würstel?«, erkundigt sich Frau Kottan und verteilt an alle auf angespitzten Weidenzweigen aufgespießte Würstchen.

Die Beamten haben Teller mit Senf und Majonäse, die Würstchen werden im oder über dem Feuer gebraten. Schrammel lässt sofort seine Wurst ins Feuer fallen, verzieht das Gesicht.

»Verdammt!«

»Zum Würstchenbraten muss man erst recht geboren sein«, spottet Kottan und lacht.

Im nächsten Moment fällt dem Major selbst eine Wurst ins Feuer. Er stochert zwar in der Glut, aber sie ist längst verkohlt. Kottan prüft jedes Gesicht in der Runde, Gnade dem, der es wagt über sein Missgeschick zu lachen. Schrammel hat seine Bierflasche ausgetrunken und hält sie in die Höhe.

»So, Herrschaften, des war des letzte Bier!«

Kottan erhebt sich.

»Dann komm gleich mit, Schrammel, wir holen eine neue Kiste.«

»Sie werden doch net an Ihrem Geburtstag selber des Bier holen?«, fragt eine der Frauen.

»Wieso net? Ich trink's ja auch«, meint Kottan und geht unbeirrt weiter in Richtung Auto.

Nach ein paar Schritten bleibt er unvermittelt stehen und schreit den hinter ihm her trottenden Schrammel an.

»Na? Und?«

Schrammel dreht sich um, schaut verständnislos und unschuldig.

»Und was?«

»Und die Kisten? Kommt die von selber mit?«, höhnt Kottan.

Schrammel entschuldigt sich leise, eilt zurück.

»Ich hol s' schon.«

Als Kottan und Schrammel im Dorfwirtshaus ankommen, ist das Lokal voll mit Gästen. An den Tischen sitzen vor allem Bundesheersoldaten, zum Teil mit weiblicher Begleitung, einige ältere Einheimische mischen sich darunter. Erich putzt Gläser, dabei lässt er eines fallen. Die Wirtin beobachtet die Szene. Sissi sitzt neben Bösmüller, der hat aber nur Augen für seine Verlobte Erna Beer.
Am selben Tisch hat auch Gustav Peschina, der Eisenbahner, Platz genommen. Neben ihm ist seine Freundin Sylvia Koronek, eine Dame, die bereits auf weit mehr als dreißig Lebensjahre zurückblicken kann.
Die Stimmung unter den Gästen ist gut, bemerkt Kottan, als er mit Schrammel und der leeren Bierkiste zur Ausschank geht.
»Habe die Ehre«, grüßt Kottan in die Runde.
Schrammel schaut sich interessiert im Lokal um und meint dann zu seinem Vorgesetzten: »Da geht's auch ganz schön zu.«
Die Wirtin steht fragend vor Kottan.
»Noch eine Kiste vom selben?«
»Ja«, antwortet Kottan. »Aber jetzt genügt auch ein normales Bier. Jetzt fallt eh niemand mehr der Unterschied auf.«
Die Wirtin wirft Erich, der zugehört, aber nicht reagiert hat, einen strengen Blick zu. Er gibt sich einen Ruck und marschiert los um die Bierkiste zu holen. Schrammel stößt Kottan an, deutet mit dem Kopf zu dem Tisch, an dem Sissi sitzt. Jetzt entdeckt auch Kottan seine Tochter unter den Gästen.
»Willst net mitkommen?«, ruft er quer durch die Gaststube.
Bösmüller schaut zuerst Kottan, dann Sissi, dann wieder Kottan an.
»Lassen Sie sie ruhig da.«
»Die Geburtstagsfeier is' aber ganz lustig«, meint Schrammel.
»Wir feiern da auch Geburtstag«, erwidert Sissi trotzig und schaut demonstrativ weg.
Das interessiert Kottan.
»So? Wer hat denn da außer mir noch Geburtstag?«
»Ich«, meldet sich Sylvia. »Morgen.«
»Na, da gratulier ich natürlich.«

Kottan geht zu ihrem Tisch, küsst sie überschwänglich auf beide Wangen. Peschina erhebt sich schnell und zieht seine Freundin zur Seite.

»Des lassen S' bleiben! Is' keiner neugierig darauf«, knurrt er unwirsch.

Kottan ist verwundert.

»Was regst dich denn auf?«

Bösmüller versucht sich einzumischen.

»Ein Küsschen in Ehren...«

Peschina lässt sich nicht beruhigen.

»Ich reg mich halt auf! Und jetzt verschwind, aber schnell!«

Erich ist inzwischen mit einer vollen Kiste zurückgekommen und beobachtet neugierig die Auseinandersetzung. Die Wirtin eilt heran und stellt sich zwischen die beiden Kontrahenten. Sie mustert Peschina ernst.

»Jetzt reicht's aber, Gustl. Weißt du überhaupt, wer des is'?«

Peschina (Hanno Pöschl) und Kottan (Peter Vogel) geraten aneinander. Grund: Fräulein Sylvia (Liliana Nelska).

»Na sicher. Einer von die unnötigen Kiberer aus Wien. Aber bei uns da is' er niemand, gar niemand«, erwidert Peschina verächtlich.

Die Wirtin wird energischer.

»Jetzt gib eine Ruh'!«

Kottan deutet Schrammel, dass er Erich die Bierkiste abnehmen soll. Er selbst überreicht der Wirtin die von ihr verlangten 120 Schilling. Dann blickt er noch einmal fragend zu seiner Tochter.

»Also?«

»Ich komm eh bald«, verspricht sie.

Kottan geht mit Schrammel zur Tür. Als er nach der Klinke greift, wendet sich Peschina laut an die ganze Gaststube.

»Wissts eh, warum Polizisten zwei Ohren haben? Na? Damit die Goschen net rundherum geht!«

Die Anwesenden lachen. Kottan lässt die Bierkiste los und marschiert zurück, mitten in die Gaststube. Schrammel bleibt an der Türe stehen, das Gewicht der schweren Kiste zieht ihn vornüber. Kottan bleibt ruhig. In der Gaststube wird es plötzlich ganz still.

»Dann wissts ihr des sicher auch«, meint Kottan. »Warum schauen die Eisenbahner, die bekanntlich alle klinisch tot sind, so aus, als wären s' noch am Leben. Na? Weil s' zu faul sind zum Umfallen.«

Alle lachen, besonders Sylvia. Peschina steht auf, nimmt drohend eine Bierflasche in die Hand. Wieder wird es ruhig in der Gaststube. Kottan nimmt Peschina die Flasche ab, schenkt ihm ein Glas voll und stellt es auf den Tisch.

»Man trinkt net aus der Flasche.«

Wieder lachen alle, die Wiener Kriminalbeamten verlassen das Wirtshaus. Peschina setzt sich langsam.

»Na, mein Lieber, was sagst jetzt?«, fordert ihn Sylvia spöttisch auf.

»Nix mehr. Hast g'laubt, ich mach ein Düll?«

Die Wirtin und Erich stehen im Hintergrund, fast schon in der Küche, mit dem Rücken zur Eingangstür.

»Kostet des g'wöhnliche Bier jetzt schon 120 Schilling?«, will Erich von seiner Mutter wissen.

»Na? Wieso?«
»Du hast dem Kottan aber für des normale genauso viel g'rechnet wie fürs Spezial in der Früh'.«
Die Wirtin macht eine abfällige Handbewegung.
»Dem Trottel fallt des eh nimmer auf.«
»Net so laut, Mama!«
»Wieso net?«
Kottan steht plötzlich hinter ihr.
»Ich könnt's womöglich noch hören«, meint er und hält die Hand auf. Die Wirtin legt einen Zwanzigschillingschein hinein. Kottan bedankt sich und geht.

Kurz nachdem die beiden Polizisten das Lokal endgültig verlassen haben, steht auch Erna Beer auf. In den letzten Minuten hat Bösmüller nur mehr mit Peschina gesprochen.
»Willst schon gehen?«, fragt ihr Verlobter.
»Ja«, antwortet sie. »Aber du kannst ja ruhig noch da bleiben.«
»Ich komm mit.«
»Mein' Mantel muss ich noch holen.«
Erna geht ins Nebenzimmer. Bösmüller greift sofort nach Sissi, die angewidert das Gesicht verzieht.
»Hör auf!«
Unbemerkt kommt Erna mit ihrem Mantel wieder in die Gaststube und registriert Bösmüllers Annäherungsversuch. Sie läuft ins Freie, Bösmüller springt auf und folgt ihr.
»Servas Bundesheer!«, ruft ihm Peschina hinterher und lacht.
Da Bösmüller nicht antwortet, wendet sich Peschina grinsend an Sissi.
»Der is' halt für mehrere schöne Töchter da.«
»So wie du für alles da bist, was zwischen 30 und 60 is'«, wirft Sylvia verächtlich ein.
Peschinas Gesicht wird plötzlich hart.
»Wie meinst des?«
»Frag net so blöd«, erwidert sie und dreht sich nach der Wirtin um, die hinter dem Schanktisch steht.

Regisseur Peter Patzak inszeniert den Beziehungsstreit zwischen Gerhard Bösmüller (Rudolf Knor) und seiner noch Verlobten Erna Beer (Eva Linder).

Vor dem Wirtshaus hat Bösmüller Erna schnell eingeholt.
»Des is' aber die falsche Richtung, Erna.«
Sie lässt sich nicht beirren und läuft weiter.
»Kommt drauf an, wo man hin will.«
»Und wo willst hin?«
»Zu dir net.«
»Wir gehen doch immer zu mir. Warum jetzt auf einmal net?«
»Du brauchst dich net dumm stellen. Du weißt doch genau, was los is'.«
»Nix. Gar nix weiß ich«, behauptet er.
»Aber dafür weiß ich ganz genau, wo du gestern Nacht g'wesen bist.«
Bösmüller zögert, er überlegt kurz. Ihm fällt jedoch keine Ausrede ein.
»Dir hat sicher wer was Falsches erzählt.«
Erna schüttelt den Kopf.

»Bestimmt net. Willst mir vielleicht erzählen, dass du gestern net bei dem Polizistenflittchen aus Wien g'wesen bist?«

»Glaubst mir net?«

»Na.«

Sie läuft eine Böschung hinunter.

»Erna! Wart doch!«, ruft Bösmüller.

Er läuft ihr nach, holt sie erst auf dem Weg in die Au ein. Erna gönnt Bösmüller keinen Blick.

»Lass mich endlich in Frieden, Wolfgang. Des is' zwecklos, und wann du mir noch so lang nachrennst.«

»Ich möchte nur wissen, was du wirklich hast?«, protestiert Bösmüller und hält sie am Arm fest.

Sie macht sich sofort los und stößt ihn weg.

»Für wie deppert halt'st du mich und die ander'n von deine Freundinnen? Mir kannst mit deiner hinigen Uniform nimmer imponieren.«

»Aber wir sind doch verlobt.«

»G'wesen.«

Erna zieht ihren Ring vom Finger und wirft ihn auf den Boden. Er bückt sich, hebt ihn auf. Sie läuft weg, aber Bösmüller packt sie am Unterarm.

»Bleib da.«

Sie reißt sich endgültig los und läuft davon. Bösmüller folgt ihr eine kurze Strecke dann gibt er auf und bleibt stehen.

»Blöde Kuh, saublöde.«

Kottan und Schrammel sind wieder beim Lagerfeuer angelangt und verteilen sofort einige der mitgebrachten Bierflaschen. Es wird schon wieder – oder noch immer – laut gesungen. Ein Paar tanzt sogar dazu. Das Lied: *Da sprach der alte Häuptling der Indianer.*

»Wir haben noch was mit!«, verkündet Schrammel mit breitem Grinsen.

Er präsentiert einen Plattenspieler und Langspielplatten in einem Plastiksackerl und wird dafür lautstark gelobt. Schremser, beim Tanzen ja ohnedies nicht der Beweglichste, sichert sich gleich das Plattenalbum.

»Und ich leg die Platten auf.«

Schrammel hat den Plattenspieler auf eine umgedrehte Kiste gestellt, Schremser sucht und findet eine geeignete Langspielplatte. Er legt sie auf: *Kriminaltango*. Kottan wirft Schremser einen vielsagenden Blick zu.

»Weißt was Besseres?«, rechtfertigt sich sein Kollege.

Kottan tanzt mit einer jungen Kollegin, Schrammel tanzt mit Kottans Frau. Kottan drückt seine Tanzpartnerin fester an sich, will sogar schmusen. Auf das demonstrative Vorbeitanzen und Anstoßen seiner Frau reagiert er nicht. Frau Kottan macht sich schließlich von Schrammel los und läuft weg. Kottan bemerkt noch immer nichts. Schrammel zieht ihn von seiner Tanzpartnerin weg.

»Chef!«

Erst jetzt registriert Kottan die Flucht seiner Frau und ruft ihr hinterher.

»Ilse! Wart doch!«

Er läuft ihr nach, stößt Schrammel dabei um. Schrammel steht wieder auf, putzt sich den Schnee ab und schüttelt den Kopf.

»So ein Narr.«

Frau Kottan ist bereits oben auf dem Treppelweg, ihr Mann liegt einige Meter zurück.

»Oje«, kommentiert Schremser das Ehedrama, widmet sich dann aber wieder seiner Tätigkeit als Disc-Jockey.

Kottan und seine Frau, die sich nicht einholen lassen will, sind bereits mitten in der Au.

»Ilse! So bleib doch stehen!«

Der Major holt auf, endlich erwischt er seine Frau am Jackenkragen.

»Kaninchenfänger«, schimpft sie und bleibt stehen.

Kottan keucht, er ist ziemlich außer Atem.

»Warum rennst mir denn davon?«

Seine Frau schaut ihn vorwurfsvoll an.

»Bist net lieber bei deinen Kollegen und vor allem bei deiner Kollegin?«

»Na. Des is' doch die Frau vom...«

»Du bist außer Atem.«

»Kunststück. Bin ich der Nurmi?«

Unweit von Frau Kottan und ihrem Mann läuft auch Erna Beer durch die Au, auch sie wird verfolgt. Sie bleibt stehen, auch sie ist erschöpft. Ihr Verfolger kommt näher, holt sie ein, fixiert sie mit einem starren Blick. Erna ringt sich zunächst ein gekünsteltes Lächeln ab.

»Jetzt bin ich g'rennt. Schon wieder du? Gibst du nie auf?« Sie wird langsam unsicherer. »Warum schaust denn so? Geh zurück mit mir, ich sag nix. Ja?«

Ihr Verfolger, der ihr offenbar gut bekannt ist, schweigt. Ernas Blick wird immer ängstlicher. Sie läuft ein paar Schritte weiter und bleibt dann bei einem Holzstoß stehen. Ihr Verfolger ist ihr nachgekommen.

»Was is'?«, fragt Erna.

Wortlos klappt ihr Verfolger ein Messer auf und sticht mehrmals auf sie ein. Erna sinkt zusammen und bleibt leblos im Schnee liegen.

Kottan und sein Frau sind nicht mehr zum Lagerfeuer zurückgekehrt, sondern haben sich gleich in ihr Wochenendhaus zurückgezogen. Kottan sitzt beim Tisch und isst Erdnüsse. Seine Frau betrachtet die vielen Nussschalen vor ihrem Mann.

»Hast du immer noch Hunger?«

»Ja. Ich wär' ja noch beim Feuer geblieben.«

Frau Kottan nickt.

»Ich will net Schuld sein, wannst verhungerst. Vielleicht is' noch was da.«

Sie geht in die Küche und inspiziert den Inhalt des Kühlschranks. Sie nimmt eine kleine Schüssel heraus, kommt mit ihr zum Tisch zurück und stellt sie vor Kottan. Sie selbst bleibt neben ihrem Mann stehen, betrachtet seinen Kopf von oben.

»Man sieht, dass du 45 wirst.«

»Wieso?«

Sie legt ihm eine Hand auf den Kopf.

»Der Kopf wachst dir schon durch die Haar'.«

Kottan grinst. Sie setzt sich, schaut ihrem Mann beim Essen zu. Kottan nimmt den ersten Löffel und nickt dann anerkennend.

»Bravo. Einmal nicht zu heiß.«
Frau Kottan legt die Stirn in Falten.
»Des is' ein Kompott, Dolferl.«

Die meisten Gäste haben das Dorfwirtshaus inzwischen verlassen. Erich steht wieder hinter der Bar und kümmert sich erneut um die Pflege der Gläser. Peschina spielt mit einem anderen Gast Karten, Sylvia sitzt daneben. Sissi Kottan wartet allein an einem Tisch. Ein betrunkener Soldat schläft auf zwei Sesseln.

»Sind 57, und 20 sag ich auch. Des sind mehr als genug«, sagt Peschina, woraufhin sein Kontrahent die Karten auf den Tisch wirft.

Jetzt kommt Bösmüller wieder in die Gaststube. Seine Haare sind etwas durcheinander, er steuert auf den Tisch von Sissi zu.

»Setz dich woanders hin. Da is' besetzt«, wimmelt sie ihn unfreundlich ab.

»Besetzt gibt's nur am Klo.«
»Dann geh eben ich.«

Sissi steht tatsächlich auf, geht nach hinten auf den Gang und lässt den verdutzten Bösmüller am Tisch zurück. Peschina nähert sich.

»Servas Bundesheer.«
»Servas Bundesbahn.«
»Na? Is' des Bundesheer heut leicht net zum Schießen 'kommen?«
»Die Erna is' mir weg'grennt.«
»Wo warst denn so lang?«
»Ich hab sie dann noch g'sucht. Bei ihr daheim war ich auch. Da is' net. War s' noch einmal da?«

Peschina grinst.
»Na.«
Bösmüller glaubt ihm kein Wort.
»Du lügst ja.« Er wendet sich an die Wirtin: »War die Erna noch einmal da?«

Die bestätigt jedoch Peschinas Behauptung und schüttelt den Kopf.

»Da herinnen net.«

Peschina schaut Bösmüller spöttisch an.

»Dein Ruf als Bundesheer-Casanova is' auf jeden Fall beim Teufel.«

»Hör auf.«

Peschina setzt noch nach.

»Wann dich eine einmal hängen lasst, machen's die andern bald auch.«

Bösmüller wird lauter.

»Kannst net aufhören?«

»Ich will net aufhören.

»Jetzt halt endlich die Pappen, sonst bist es wirklich...«

Peschina packt den Bundesheersoldaten beim Hemd, bevor der zu Ende sprechen kann.

»Was?«

»Klinisch tot«, grinst Bösmüller.

Peschina grinst auch wieder.

»Ich kann mir doch denken, was mit deiner Erna g'wesen is'.«

Bösmüller wirkt überrascht.

»Ja?«

Im überdachten Hof vor den Toiletten steht Sissi eng umschlungen mit einem Soldaten. Sie schmusen, Erich beobachtet das Geschehen von der Gaststubentür aus. Seine Mutter entdeckt ihn, Erich macht ein schuldbewusstes Gesicht wie ein ertappter Schüler, und wird wie ein solcher getadelt.

»Was machst denn da, Erich? Wirst du denn nie g'scheiter?« In der Gaststube stehen Bösmüller und Peschina mittlerweile Arm in Arm am Schanktisch.

»Wirtshaus!«, ruft Peschina.

Die Wirtin kommt, schaut die beiden fragend an.

»Eine Flasche Cognac!«, verlangt der Bahnbedienstete, blinzelt dann Bösmüller zu. »Die stoßen wir uns jetzt ins Hirn.«

Kottan und seine Frau liegen bereits im Bett, beide auf dem Rücken. Kottan starrt auf den Fernsehapparat im Regal, Frau Kottan schläft schon. Im Fernsehen ist ein Polizist zu sehen.

»Jetzt muss er aufpassen«, kommentiert Kottan.

Die Warnung kommt zu spät, der Polizist im TV-Apparat wird prompt von hinten niedergeschlagen.

»Des is' vielleicht ein Ei«, schimpft Kottan und stößt seine Frau an. »Hast des g'sehen? Des wär' net einmal dem Schrammel passiert.«

Erst jetzt bemerkt Kottan, dass seine Frau schon längst schläft. Die Eingangstür öffnet sich und Sissi betritt das Zimmer.

»Kannst ruhig des Licht aufdrehen«, begrüßt sie Kottan.

»Moment.«

Sie findet nur mit Mühe den Lichtschalter.

»Wie spät is' jetzt, Sissi?«

»Elf vorbei.«

Kottan schaut auf die Uhr.

»In ein paar Minuten is' zwölf.«

Er richtet sich auf. Seine Frau fällt dabei unsanft aus seinem Arm, sie dreht sich zur Wand. Kottan ist mit seiner Strafpredigt noch nicht fertig.

»Du kommst eh gleich, hast g'sagt. Da war's noch hell. Soll ich dir sagen, was du bist?«

»Na.«

Peschina und Sylvia betreten das Zimmer, das sie sich im Wirtshaus gemietet haben.

Sylvia versperrt die Türe und beginnt sich auszuziehen. Peschina, der ziemlich betrunken ist, starrt sie nur an.

»Was is'?«, will Sylvia wissen.

Peschina kann kaum noch stehen.

»Nix. Nur der Polizist aus Wien, der is' mir wieder eing'fallen.«

»Jetzt, nach so viel Zeit, fallt dir der ein?«

»Wann du so einem Affen noch einmal schöne Augen machst, kannst dich schleichen«, droht Peschina.

»Wie red'st denn?«

»Bist jetzt eine Prinzessin? Was g'fallt dir denn an dem Kottan?«

»Nix ... vielleicht g'fallt mir, dass er eine sichere Anstellung im Staatsdienst hat.«

Peschina lacht dümmlich.

»Im Staatsdienst bin ich ja selber.«

»Aber bei der Eisenbahn als Gleisarbeiter«, sagt Sylvia abschätzig. »Wannst wenigstens Kontrolleur bei der Bahn wärst.«

Peschina lacht wieder, versucht eine verächtliche Handbewegung zu machen.

»Was is' schon ein Kontrolleur? Nix wie ein alter Schaffner.«

»Außerdem bist du verheiratet.«

»Der Kottan sicher auch. Was geht dir denn ab bei mir? Ha? Willst vielleicht in Urlaub fahren mit mir? Nach Jugoslawien?«

Sylvia überlegt, nickt dann.

»Ja. Vielleicht.«

Peschina bringt immer noch nicht mehr als ein albernes Grinsen zustande und stößt schwer verständliche Worte hervor.

»Nach Jugoslawien fahrt heut eh schon ein jedes Arschloch«, lallt er.

»Wie red'st denn?«

»Schau dich lieber selber an. So frisch bist du gar nimmer.«

»Aber von deine Bekanntschaften bin ich immer noch die jüngste.«

»Bist du sicher?«

»Weiß ja eh jeder, dass du was mit der Wirtin g'habt hast.«

Peschina winkt ab.

»Mit der Wirtin haben viele was g'habt. Des is' ewig her.«

»Ewig?«

Peschina hat langsam genug und legt die Hand auf die Klinke.

»Ich kann ja auch heimgehen.«

Sylvia erschrickt ein bisschen. Im letzten Augenblick hält sie ihn zurück.

»Red keinen Blödsinn.«

Auf der anderen Seite der Tür steht Erich im Nachtgewand. Er späht durch ein Loch, das hinter dem verschiebbaren Türschild mit der Nummer 2 versteckt ist, und beobachtet Peschina und Sylvia. Die Wirtin kommt aus ihrem Schlafzimmer, das sie gemeinsam mit ihrem Sohn bewohnt, entdeckt Erich, zerrt ihn von der Tür weg und beginnt zu schimpfen.

»Ich hab geglaubt, du musst nur aufs Klo. Heut spinnst ordentlich!« Sie nimmt ihn bei der Hand. »Jetzt gehst aber. Marsch ins Bett!«

»Ich komm schon.«

»Dauernd müsst' ich hinter dir her sein.«

Beide gehen ins Schlafzimmer, Erich steigt in das Doppelbett. Die Wirtin deckt ihren Sohn zu, macht ihm mit dem Daumen ein schnelles Kreuz auf die Stirn. Dann geht sie um das Bett herum und legt sich auf ihrer Seite ins Bett.

»Gute Nacht, Erich.«

»Gute Nacht.«

Sie will das Licht abdrehen, dreht sich aber noch einmal zu ihrem Sohn um.

»Und net vergessen!«

»Beten«, sagt Erich artig.

3

Am nächsten Morgen wird Kottan unsanft und für seinen Geschmack viel zu früh von starkem Motorenlärm geweckt. Vorsichtig öffnet er die Augen, seine Frau liegt nicht mehr neben ihm. Kottan reibt sich das Gesicht, schaut zur Zimmerdecke und schüttelt ungläubig den Kopf.

»Die sind doch verrückt. Gestern den ganzen Tag die blöden Düsenjäger und heut kommen s' in aller Früh mit die Hubschrauber.«

Er eilt im Pyjama und in Patschen zur Tür. Seine Frau, die beim Tisch steht, blickt ihm interessiert nach.

Auf der Veranda mustert er den Himmel, kann aber keinen Hubschrauber entdecken. Dafür steht Schremser mit lärmendem Rasenmäher im benachbarten, schneebedeckten Garten.

»Was machst denn du da, Schremser?«, schreit Kottan.

»Ausprobieren!«

»Jetzt?«

Kottan tippt sich an die Stirn und stapft ins Zimmer zurück.

Schremser wendet sich an Schrammel, der ebenfalls im Garten herumspaziert: »Im Sommer geht er viel besser«, versichert er ihm.

Im Haus setzt sich Kottan auf die Eckbank beim Tisch und wendet sich an seine Frau, die ebenfalls Platz genommen hat.

»Der Schremser macht's auch nicht mehr lang«, diagnostiziert er. »Der probiert im Winter seinen Rasenmäher.«

»Der nächste Frühling kommt bestimmt!«, ruft Sissi vom Bett aus.

Kottan schüttelt den Kopf.

»Es is' net nur Winter. Es is' acht Uhr früh.«

»Morgenstund' hat Gold im Mund«, behauptet Frau Kottan besserwisserisch.

Kottan ist misstrauisch sprichwörtlichen Weisheiten gegenüber, genauso wie jenen seiner Frau.

»Seit wann?«, murrt er.

Sissi kommt jetzt zum Tisch und setzt sich neben ihren Vater.

»Hast schon die Zeitung g'holt?«, fragt Kottan seine Frau.

»Ich brauch keine.«

Sissi schenkt sich Kaffee ein, trinkt, verbrennt sich beim ersten Schluck den Mund. Kottan zeigt mit dem Daumen auf seine Frau.

»Kochen muss sie ihn schon.«

»Willst erst nach dem Mittagessen retour fahren?«, will Frau Kottan wissen.

Ihr Mann nickt.

»Sowieso.«

Es klopft an der Haustür.

»Herein, wann's net die Polizei is'«, ruft Kottan und findet seine Worte äußerst komisch.

Die Tür geht auf und der uniformierte Gendarm Seitinger tritt ein.

»Na servas«, brummt Kottan leise.

Der Gendarm salutiert.

»Morgen. Entschuldigen S', Herr Kottan. Wir haben ein totes Mädchen in der Au.«

Kottan schaut Sissi an, dann den Gendarmen.

»Mädchen?«

»Eine junge Frau. Wahrscheinlich ein Mord. Ich wollt' Sie fragen...«

Kottan macht abwehrende Handbewegungen, unterbricht Seitinger.

»Ich misch mich da net ein. Des geht auch gar net. Dafür is' ausschließlich die niederösterreichische Mordkommission zuständig.«

»Ich weiß. Die is' auch schon verständigt, wird sich aber ein bissel verspäten, weil's schon um fünf zu einem angeblichen Selbstmord bestellt worden sind.«

»Und was soll ich jetzt tun? Ich darf ja gar nix machen.«

Seitinger lässt nicht locker.

»Ich kenn die Vorschriften. Vielleicht können S' uns wenigstens helfen den Tatort abzusichern. Jetzt sind zwar noch keine Leut' dort, aber wann sich des erst herumg'sprochen hat...«

Kottan gibt nach.

»Na gut. Ich komm gleich.«

»Es is' eh ganz in der Näh'. Der Herr Schremser will uns übrigens auch helfen«, ergänzt Seitinger noch beim Hinausgehen.

Kottan wirft seiner Frau einen grantigen Blick zu.

Lagebesprechung am *Leichenfundort!* Regisseur Peter Patzak (Mitte) mit Schrammel (C.A. Tichy), Schremser (Walter Davy) und Kottan (Peter Vogel), (v. l. n. r.)

»Natürlich. Der Schremser lasst nix aus.«
Widerwillig steht er auf und zieht seinen Mantel an.
»Können wir mitkommen?«, fragt Sissi aufgeregt.
Kottan schaut finster und erteilt befehlsartige Anweisungen.
»Ihr bleibts da! Und sperrts die Tür von innen zu!«

Nur wenig später sind Kottan, Schrammel und Schremser am Fundort der Leiche angelangt. Der Gendarm Seitinger ist mit dem Moped vorausgefahren. Ansonsten sind nur ein Jäger, der die Leiche gefunden hat, sowie ein zweiter Gendarm zu sehen.

»Des is' net einmal 200 Meter von unser'm Lagerfeuer entfernt«, stellt Schrammel fest.

»Vielleicht is' des erst in der Nacht passiert, wie wir schon weg war'n«, meint Schremser.

Der zweite Gendarm begrüßt die Neuankömmlinge.

»Morgen.«

»Das sind die Kollegen aus Wien. Die helfen uns«, erklärt Seitinger

»Beim Warten?«, fragt sein Kollege.

»Beim Absichern vom Tatort.«

Diese Äußerung ermöglicht es Kottan mit einer kriminalistischen Belehrung zu punkten.

»Der Fundort der Leiche is' net unbedingt der Tatort«, wirft er ein.

Schremser nickt und schaut sich kurz um.

»Hier schaut's aber ganz so aus, als ob es auch an dieser Stelle passiert wär'.«

»Dürfen wir einen Blick darauf werfen?«, erkundigt sich Kottan bei Seitinger und zeigt auf die Leiche im Schnee.

»Bitte.«

Kottan und Schrammel mustern das Mordopfer aus der Nähe. Kottan hebt die Augenbrauen.

»Die kenn ich.«

»Wir auch«, erklärt Seitinger. »Sie heißt Erna Beer. Die kennt hier fast jeder.«

Auch Schrammel erinnert sich an die junge Frau.

»Die war gestern im Wirtshaus, als wir dort waren. Ich weiß auch noch wie der Soldat ausg'schaut hat, der da neben ihr g'sessen is.«

Kottan nickt Schrammel zu.

»Ich auch. Weil neben dem meine Tochter war.«

»Die Wirtin wird ja wissen, wann und mit wem die Tote gestern weggegangen is'«, meint Schrammel.

»Wir können jedenfalls im Moment da net weg«, wirft Seitinger ein.

Schremser wendet sich an Kottan und grinst ihn an.

»Für dich wär' das net der richtige Fall.«

»Wie meinst des?«, fragt Kottan.

»Na weit und breit keine Jugoslawen, die als Täter in Frage kommen.«

Kottan macht seine übliche abfällige Handbewegung. Schremser zeigt auf ein am Boden liegendes Taschentuch, das er eben entdeckt hat.

»Was is' des da?«

»Ein Taschentuch. Der Inhalt der Handtaschen der Ermordeten is überall verstreut«, erklärt Seitinger und dreht sich demonstrativ im Kreis.

»Die kenn' ich«, sagt Kottan. »Die war gestern im Wirtshaus, als wir dort waren.«
Das Opfer Erna Beer (Eva Linder) ist Kottan noch in guter Erinnerung.

»Des is' aber ein Männertaschentuch«, insistiert Schremser entschlossen.

Kottan hat Zweifel und meint spöttisch: »Na dann schau gleich, ob ein Monogramm drauf is.«

»Is' keins drauf«, erwidert Schremser bedauernd, nachdem er das Taschentuch vorsichtig mit seiner Krücke aufgebreitet und umgedreht hat.

»Pech.«

Kottan wendet sich ab.

»Doch! Wart' noch einen Moment!«, ruft Schremser plötzlich. »Da steht ... A.K.«

»Was?«, der Major kann es nicht glauben.

Schrammel grinst.

»Adolf Kottan?«

»Ja, ja. Ich schau einmal ins Wirtshaus«, teilt ihm Kottan humorlos mit und macht sich auf den Weg zum Auto.

»Sollen wir mitkommen?«, ruft Schremser.

Kottan hebt den Zeigefinger und bewegt ihn nach links und rechts.

»Ihr bleibts da.«

Binnen weniger Minuten ist Kottan wieder bei seinem Haus. Er startet den Wagen, schiebt zurück auf die Straße und streift den Einfahrtspfosten an der gleichen Stelle wie zuvor seine Frau. Schnell wirft er einen Blick hinauf zum Fenster um zu prüfen, ob jemand dieses Missgeschick beobachtet hat. Das Glück ist ihm nicht hold. Seine Frau steht am offenen Fenster und schenkt ihm ein wissendes Kopfnicken.

Kurze Zeit später kommt Kottan beim Wirtshaus an. Er sucht den Himmel ab, als das donnernde Geräusch von Flugzeugen zu hören ist, lange bevor eine Maschine auch nur zu sehen ist. Der Major zieht ein finsteres Gesicht und betritt das Gasthaus. In der Gaststube sitzt nur die Wirtin mit einem Langhaarigen eng umschlungen am Tisch. Sie erhebt sich schnell, als sie den Kriminalbeamten erkennt.

»Morgen, Herr Inspektor.«

»Inspektor gibt's kan. Morgen.«

Kottans Blick streift den einzigen Gast, dann das *Verbotsschild* von gestern. Er dreht es um, sodass nur noch die leere Rückseite zu sehen ist.

»Sie wissen schon alles?«, fragt Kottan die Wirtin.

»Was alles?«

Kottan antwortet nicht, sondern setzt das Verhör fort.

»Wo is' denn ihr Sohn?«

»In der Kirchen. Der is' jeden Sonntag in der Kirchen. Er singt im Chor.«

»In der Au ist ein ermordetes Mädchen g'funden worden«, erzählt Kottan. »Sie werden sie vielleicht kennen, Erna Beer heißt s'.«

Die Wirtin macht einen betroffen Eindruck.

»Die Erna ... ich bin ... sozusagen die Großtante. Die Erna wohnt nur ein paar Häuser weiter.«

»Hat g'wohnt«, verbessert Kottan. »Ich hab des Mädchen gestern da im Lokal noch g'sehen. Wann is' denn weggegangen?«

Die Wirtin überlegt kurz, kneift die Augen zusammen und legt nachdenklich die Hand an die Stirn.

»Warten S'. Hm. Ich glaub, gleich nachdem Sie um die zweite Kiste Bier bei uns g'wesen sind.«

»Allein?«

»Na, mit dem Bösmüller Gerhard. Mit dem war s' ja verlobt.«

»Is' des der Soldat, der neben ihr g'sessen is?«, hakt Kottan nach.

»Ja. Einer von die Flieger is' des.«

»Aha. Dann fahr ich wohl am besten jetzt noch am Flugplatz vorbei.«

Kottan dreht sich um, die Wirtin hält ihn auf.

»Des brauchen S' net. Der Bösmüller is' da.«

»Da?«

»Der schlaft nebenan. Der is' nämlich nachher noch einmal 'kommen und war bis spät in der Nacht mit dem Peschina, des is' der Eisenbahner, beisammen und hat mit ihm Schnaps getrunken«, erklärt die Wirtin.

»Ich nehm ihn mit«, meint Kottan.

»Dürfen S' des?«

Kottan lächelt, als er sich auf den Weg in die zweite Gaststube zu Bösmüller macht.

»Ich werd ihn höflich bitten.«

Bösmüller schläft auf einer Bank. Kottan schüttelt ihn, schlägt ihn einmal leicht auf die linke, dann auf die rechte Wange. Endlich wacht Bösmüller auf.

»Was is'? Lassts mich in Ruh'!«

»Stehn S' auf, Herr Bösmüller!«, fordert ihn Kottan streng auf.

Bösmüller bringt die Augen nicht so recht auf, stöhnt, dreht sich noch einmal um.

»Schleichts euch!«

Kottan wird lauter.

»Stehen S' auf! Sie kommen mit!«

Bösmüller hebt langsam den Kopf, erkennt Kottan.

»Mitkommen? Wohin? Zu Ihnen?«

»Net zu mir. Ich muss Ihnen was zeigen.«

»Ausg'rechnet jetzt?«

Kottan nickt.

»Grad jetzt.«

Bösmüller steht mühsam auf und begleitet den Major in die vordere Gaststube.

»Mein Auto steht vor der Tür. Is' net abg'sperrt«, erklärt Kottan, Bösmüller geht ins Freie.

Dann wendet sich Kottan an die Wirtin, die alles genau beobachtet hat.

»Sagen Sie es den Eltern von der Erna?«

»Gern«, antwortet sie freundlich.

Sie lächelt, merkt dann aber, dass das nicht die der Situation angemessene Antwort ist und setzt ein ernstes Gesicht auf.

»Wo is' dieser Eisenbahner zu erreichen?«, will Kottan noch wissen.

»Der Peschina hat sich gestern ein Zimmer bei mir g'nommen.«

Kottan ist verwundert.

»Wohnt der net im Ort?«

»Doch, aber er is' net allein auf dem Zimmer.«

»Ich versteh schon.«

Kottan nickt und verlässt das Lokal.

Als Kottan mit Bösmüller am Tatort ankommt, hat sich die Zahl der Schaulustigen bereits vergrößert. Darunter sind auch Kinder, denen die anwesenden Gendarmen nur schwer vermitteln können, dass sie nichts angreifen und verändern dürfen. Bösmüller ist ausgestiegen. Kottan zerrt ihn zur Ermordeten. Er darf sich der Leiche nicht ganz nähern, dennoch erkennt der überraschte Bundesheersoldat die Tote sofort.

»Des is' ja die Erna. Is' tot?«

Seitinger kommt hinzu und salutiert.

»Ja, Herr Bösmüller.«

»Wieso?«

»Wissen S' des net?«

»Ich hab doch gestern…«

»Na was?«, fällt ihm Schrammel ins Wort. »Was haben S' g'macht?«

Bösmüller wendet sich ab und hält sich den Kopf.

»Mir is' schlecht«, jammert er.

»Mir wär' auch schlecht an Ihrer Stell'«, meint Schremser bedeutungsvoll.

Kottan stellt dem trotz der Kälte schwitzenden Bösmüller einen Campingsessel, den er aus dem Kofferraum seines Wagen holt, auf.

»Da, nehmen S' Platz.«

Bösmüller lässt sich entkräftet auf den Sessel fallen.

»Danke.«

»Sollen wir ihn aufs Postenkommando bringen?«, fragt Seitinger.

Schrammel schüttelt grinsend den Kopf.

»Is' glaub' ich net notwendig. Der rennt in der Verfassung sicher net weg.«

Bösmüller hat das gehört und mischt sich ein.

»Was soll das heißen, in der Verfassung? Werd ich etwa verdächtigt?«

»Ja«, bestätigt Seitinger. »Die Mordkommission muss eh jeden Moment da sein.«

Vor der Tür des Gästezimmers Nummer 2 des Dorfwirtshauses lauert der Sohn der Wirtin. Er beobachtet Sylvia und Peschina im Gästezimmer durch seinen selbstgebastelten Spion. Sylvia und Peschina liegen im Doppelbett, Sylvia stößt Peschina an.

»Bist jetzt noch net auf?«

»Bin eh wach. Hast es schon eilig?«

Sylvia ist frustriert.

»Na. Aber des Zimmer hätten wir uns wirklich sparen können.«

Peschina schaut sich um und grinst.

»G'fallt's dir net?«

»Des Zimmer kenn ich schon seit Monaten.«

»Seit Jahren«, verbessert Peschina.

Sylvia setzt sich auf und schaut den Eisenbahner vorwurfsvoll an.

»Du hast jedenfalls nur g'schlafen. Was heißt ... schlafen is' eh ein Hilfsausdruck: G'rasselt wie ein Diesel-Taxi hast.«

Peschina zieht sie an sich.

»Jetzt schlaf ich nimmer.«

Sylvia will ihn wegstoßen.

»Hör auf. Jetzt is' schon viel zu spät.«

»Überhaupt net is' zu spät.«

Er drückt sie fest aufs Bett. Sylvia lacht.

»Des Lachen wird dir gleich vergehen«, grinst Peschina und rollt sich auf sie.

Vor der Tür lässt Erich die beiden auf dem Bett nicht eine Sekunde aus den Augen.

Die drei Wiener Kriminalbeamten befinden sich immer noch mit den zwei niederösterreichischen Gendarmen und Bösmüller am Tatort. Letzterer sitzt nach wie vor auf Kottans Campingsessel. Er wischt sich mit einem Taschentuch übers Gesicht. Schrammel hat das beobachtet.

»Was haben S' denn da? Zeigen S' einmal her.«

Er nimmt es ihm weg.

»Schau gleich, ob ein Monogramm drauf is'«, fordert ihn Schremser spöttisch auf.

Schrammel betrachtet das Taschentuch, sagt dann vollkommen ernst: »Ja. A.K.«

Kottan dreht sich zu seinen beiden Kollegen um. Er findet Späße dieser Art heute nicht mehr komisch.

»Ärgerts wen ander'n!«

Schrammel bleibt ernst.

»Aber des steht wirklich drauf.«

Kottan geht zu Schrammel, nimmt ihm das Taschentuch aus der Hand und wird überrascht.

»Des is' meins. Hab ich des verloren?« Er wendet sich zu Bösmüller: »Wo hast du des her?«

»Wir sind net per du«, entgegnet der Pilot.

Plötzlich jaulen Polizeisirenen auf. Die niederösterreichische Mordkommission trifft mit Blaulichtsirene in zwei großen Wagen ein, gefolgt von der Mannschaft der Spurensicherung. Major Pilz, der Leiter der Mordkommission steigt aus und nähert sich lächelnd den Wiener Kollegen, während Kottan sein Taschentuch einsteckt.

»Da schau ich aber«, grüßt Pilz. »Die Wiener sind vor uns da. Servas, Dolferl.«

Er reicht Kottan die Hand.

»Habe die Ehre«, erwidert dieser.

Schremser hebt zur Begrüßung eine Krücke.

»Was hat denn der Mord hier mit euch zu tun?«, will Pilz wissen.

»Eigentlich gar nix«, antwortet Kottan. »Wir haben da nur ein paar kleine Häuser ganz in der Näh'. Fürs Wochenende. Gestern haben wir mein' 45. Geburtstag g'feiert.«

Daraufhin reicht Pilz Kottan gleich noch einmal grinsend die Hand.

»Na, da gratulier ich aber. Wieder ein Schritt näher bei der Pension.«

Kottan schaut Schremser an, der seinen Blick erwidert, aber schweigt. Pilz schlägt nun erstmals einen ernsten Ton an.

»Und wer von euch is' der Mörder?«

Pilz lacht über seinen eigenen Scherz, während sich die Beamten von der Spurensicherung bereits ans Werk machen. Der Gendarm Seitinger kommt näher und salutiert. In der linken Hand hält er immer noch eine halb gerauchte Zigarette, die er sich zuvor während des Wartens angezündet hat.

»Also?«, fragt Pilz erwartungsvoll.

»Der Gemeindearzt is' schon dag'wesen.«

Der Gendarm unterbricht, weil Pilz ihn anstarrt. Ihm fällt seine Zigarette ein, er lässt sie fallen und tritt sie aus.

»So reden Sie sich bestimmt leichter«, meint Pilz schroff.

Seitinger setzt seinen Bericht fort.

»Der Gemeindearzt glaubt, dass die Tote schon die ganze Nacht da liegt.«

»Die Identität?«

»Steht fest«, kommt Kottan Seitinger zuvor. »Erna Beer heißt ... ich meine hieß die junge Frau, sie ist hier im Dorf bei ihren Eltern gemeldet.«

»Und wer hat die Ermordete g'funden?«

Der Jäger, der bisher etwas abseits gestanden ist, drängt sich vor.

»Ich. Ich hab die Ermordete g'funden. Ich wollt' nur mein' üblichen Rundgang in der Au machen, den ich jeden Sonntag mach.«

»Wann war des?«

»Um sieben.«

»Einen Verdächtigen haben wir auch schon«, meldet sich jetzt Schrammel stolz zu Wort.

Pilz zeigt auf Bösmüller.

»Der da?«

»Ja«, antwortet Schrammel. »Der Mann heißt Gerhard Bösmüller, Zugsführer im Fliegerhorst. Des is' der Verlobte von der Toten.«

»G'wesen«, flüstert Bösmüller für sich.

Kottan fasst den Tatbestand für Pilz zusammen.

»Er is' gestern mit ihr aus dem Dorfwirtshaus da vorn weg'gangen. Da is' sie auch des letzte Mal g'sehen worden.«

Pilz stapft zum Campingsessel und schaut finster auf Bösmüller hinunter.

»Da her sind S' mit ihr 'gangen?«

Bösmüller schüttelt den Kopf.

»Da her net. Sie is' mir doch davong'rennt. Ich hab s' net wiederg'funden.«

»Wieso is' vor Ihnen davon? Haben S' ihr mit was gedroht?«

»Na. Die Erna war nur ziemlich ang'fressen auf mich, weil s' 'glaubt hat ich war von Freitag auf Samstag bei einer anderen.«

Kottan wird hellhörig. Er greift nach dem eingesteckten Taschentuch und ahnt langsam, wo Bösmüller besagte Nacht verbracht hat.

»Aha. Sie haben also mit dem Mord nix zu tun?«, forscht Pilz.

»Na.«

Pilz macht ein trauriges Gesicht.

»Na gut. Wir werden halt noch viel reden müssen, Herr Bösmüller.«

»Bin ich verhaftet?«, will der Soldat wissen.

Pilz nickt.

»So gut wie.«

Er dreht sich zu den Männern der Spurensicherung um, ruft hinüber.

»Is' da am Tatort nix g'funden worden, was dem Verdächtigen g'hört?«

»Bis jetzt net«, lautet die für Pilz wenig befriedigende Antwort.

Schremser zeigt jetzt mit einer Krücke auf das erste Taschentuch, das immer noch auf dem Boden liegt. Pilz hebt das Taschentuch am Zipfel hoch und schaut zu Bösmüller.

»Des haben S' gestern verloren. Oder?«

»Na.«

»Habts ihr keinen Suchhund mit?«, erkundigt sich Kottan.

»Doch.«

Der zweite Gendarm versteht nicht und wendet sich an seinen Kollegen Seitinger.

»Was will er mit dem Hund?«

»Den lasst er an dem Taschentuch schnüffeln«, erklärt Seitinger.

»Und der Hund rennt schnurstracks zum Wirtshaus, weil der Bösmüller nach dem Mord dort war?«

Seitinger antwortet in einem belehrenden Tonfall.

»Na. Wann des Taschentuch dem Bösmüller g'hört, verbellt ihn der Hund. Da. Auf der Stell'. Jetzt.«

Pilz lässt den Schäferhund bringen und hält ihm das Taschentuch hin.

»Riech mal.«

Der Hund will weglaufen. Ein Beamter führt ihn an der Leine zu Bösmüller. Der Hund bellt nicht, zerrt aber immer heftiger an der Leine. Der Hundeführer gibt schließlich nach und folgt dem Hund.

»Geht's da zum Wirtshaus?«, fragt Pilz.

Schremser muss verneinen.

»Na, des Wirtshaus liegt genau in der anderen Richtung«, deutet er mit der Krücke.

Unzufrieden mit dem Verlauf der Ereignisse weist Pilz die Gendarmen an, Bösmüller zum Verhör auf den Gendarmerieposten zu bringen.

Der Hund verfolgt inzwischen eine eindeutige Spur und führt die ihm folgenden Beamten in die Wochenendhaussiedlung. Der Hundeführer mit Pilz, Kottan und Schrammel im Schlepptau wird von dem Hund an der langen Leine bis zu einem Grundstück, auf dem ein ausrangierter Autobus steht, gezogen. Die Tür zum Grundstück ist offen. Der Hund bleibt vor dem zum Wohnmobil umgebauten Gefährt stehen und bellt.

»Und jetzt?«, will Schrammel wissen.

»Na jetzt klopfen wir an«, erklärt Pilz.

Pilz klopft an die Tür. Kottan steht neben ihm. Es rührt sich nichts. Pilz drückt die Schnalle nieder, die Tür ist abgesperrt.

Erfahren wie er ist, glaubt der Kriminalist Pilz freilich nicht, dass der Bus tatsächlich leer ist.

»Wenn unser Flocki net deppert is', is' da wer drinnen«, ist er sich sicher. Er pumpert noch mal laut gegen die Tür: »Aufmachen! Polizei!«

Pilz klopft stärker. Schrammels Instinkt erwacht. Er schleicht um den Autobus herum und zieht präventiv seine Pistole.

»Kommen S' raus!«, ruft Kottan gelangweilt.

»Sonst kommen wir rein«, droht Pilz. »Also. Lang warten wir net.«

Schrammel bemerkt, dass ein Fenster geöffnet wird, durch das ganz offensichtlich jemand zu fliehen versucht. Er richtet die Dienstwaffe auf einen verwahrlosten Mann.

»Bei der Tür rauskommen, bei der Tür!«

Bei dem Mann handelt es sich um einen Obdachlosen, der im Bus überwintert. Er befolgt Schrammels Befehl und verlässt den Autobus durch die vordere Türe. Der Suchhund stürzt sich bellend auf ihn, wird aber von seinem Hundeführer zurückgezogen.

Pilz tastet den Mann ab, und grüßt: »Grüß Gott.«

»Was machen Sie da?«, fragt Kottan.

»Ich wohn da«, behauptet der Obdachlose.

Kottan schüttelt den Kopf.

»Sie wohnen net da. I weiß doch genau, wem die Villa da g'hört.«

Pilz stößt den Obdachlosen an.

»Na? Was is'?«

Der Obdachlose rückt zögerlich mit der Wahrheit heraus.

»Ich wohn schon den dritten Winter da. Noch nie is' des wem aufg'falln.« Er wendet sich an Kottan: »Ich kenn Sie, Herr Inspektor.«

Schrammel schaltet sich seufzend ein.

»Inspektor gibt's kan!«

»I' kenn Sie net«, meint Kottan.

Der Obdachlose schaut Kottan an.

»Ich freu mich jedes Jahr auf Ihren Geburtstag, Herr Hofrat.«

»Wieso?«

Der Obdachlose zieht eine Flasche Bier und ein paar kalte Würste aus den Manteltaschen.

»Na weil nach ihrem Fest immer so viel übrig bleibt. Den dritten Winter wohn ich schon da. Die Besitzer kommen im Winter nie heraus.«

»Nur die Polizei«, bestätigt Pilz. »Haben S' einen Ausweis?«

Der Obdachlose schaut einen Moment verwirrt.

»Wozu? Ich weiß doch, wie ich heiß.«

Die Kriminalbeamten gehen mit dem Obdachlosen zum Tatort zurück.

»Da warst wahrscheinlich noch nie«, fragt Schrammel den Obdachlosen.

»Na. Ich war gestern immer nur in der Nähe vom Lagerfeuer.«

»Des da is' in der Nähe vom Feuer.«

Der Obdachlose bleibt bei seiner Aussage.

»Da war ich net.«

Kottan nähert sich.

»Is' eigentlich eine Geldbörse von Erna Beer g'funden worden?«

»Na«, sagt Seitinger.

Kottan hält eine Börse in der Hand, die er nur mit einem Papiertaschentuch berührt, und zeigt sie den anderen.

»Ich hab eine g'funden.«
»Wo hast die her?«, will Pilz wissen.
»Unser Freund hier«, Kottan deutet auf den Obdachlosen aus dem Wohnbus, »hat sie vorhin am Weg da her loswerden wollen.«
Pilz pfeift und mustert den Obdachlosen streng.
»Also, was haben S' gestern hier g'macht, bevor Sie die Brieftaschen g'schnappt haben?«
Der Obdachlose bleibt bei seiner spätestens jetzt nicht mehr allzu glaubwürdigen Version.
»Ich war doch gar net da.«
Pilz verliert allmählich seine Geduld, beginnt zu schreien und packt den Obdachlosen am Gewand.
»Jetzt is' aber Schluss mit die depperten Schmäh'! Red endlich!«
Ein paar Sekunden ist es ruhig, dann gibt der Obdachlose zu, am Tatort gewesen zu sein.
»Aber die Frau war ja schon längst tot, wie ich herkommen bin.«
»Und warum bist vom Weg so zielstrebig ausg'rechnet da her?«, fragt Pilz nach.
»Ich hab wen wegrennen g'hört.«
»Wen?«
Der Obdachlose hebt die Schultern.
»Aus der Siedlung war's jedenfalls niemand. Da kenn ich alle.«
»Packts ihn ein«, befiehlt Pilz den Gendarmen. Pilz steigt ebenfalls in seinen Wagen, Kottan steht beim Seitenfenster und grinst Pilz an.
»Jetzt hast wenigstens gleich zwei Verdächtige. Viel Vergnügen.«
»Wär' uns ja fad, wenn die G'schicht unkompliziert wär'«, erwidert Pilz. »Servas.«
Pilz fährt ab, Kottan und Schrammel entfernen sich vom Tatort.

Wenig später erklimmen die beiden Wiener Kriminalbeamten die Stiege vor Kottans Haus. Auf der Veranda dreht sich Kottan zu seinem Kollegen um.

»Der Sandler is' sicher kein Mörder.«

»Der Obdachlose«, verbessert Schrammel.

»Ja.«

Dem Inhalt von Kottans Aussage stimmt Schrammel zu.

»Glaub ich auch net, obwohl der bestimmt, so wie der Bösmüller, kein Alibi haben wird.«

»Mir is's jetzt sowieso egal«, behauptet Kottan. »Der Pilz wird des schon sauber erledigen. Der is' ein tüchtiger Kriminalbeamter.«

Kottan öffnet die Eingangstür, zögert erstaunt, schließt die Tür noch einmal fest und kontrolliert das Türschild.

»Kottan«, liest er.

»Was is'?«, fragt Schrammel.

»Ich hab kurz 'glaubt, ich hab mich in der Tür g'irrt«, entgegnet Kottan und betritt das Haus als Erster.

Im Zimmer sitzt Schremser mit Kottans Frau und Sissi beim Tisch.

Kottan schaut ihn an.

»Wohnst du schon da?«

»Hab ich Hausverbot?«, erkundigt sich Schremser. »Ich trink nur Kaffee.«

»Du sitzt auf mein' Sessel.«

Frau Kottan, der das Benehmen ihres Mannes mehr als unangenehm ist, weist ihm umgehend einen anderen Platz am Tisch zu.

»Setz dich halt da her, Dolferl.« Dann wendet sie sich an Schrammel: »Wollen S' auch einen Kaffee, Herr Schrammel?«

»Gern.«

»Ich mach ihn schon«, bietet Sissi an und steht auf.

»Was halts ihr davon, wann wir am Nachmittag in die Sauna gehen?«, will Schremser wissen.

»Manchmal sind deine Ideen gar net so schlecht«, muss Kottan widerwillig anerkennen.

Trotzdem bedenkt er seinen Kollegen gewohnheitsmäßig mit einem verächtlichen Blick. Schremser isst inzwischen ununterbrochen Kekse aus einem weißen Nylonsackerl.

»Schmecken s'?«, fragt Frau Kottan.

Schremser zögert, legt den Kopf etwas schief und schaut zur Zimmerdecke.

»Wann ich ehrlich sein soll, mir sind s' ein bissel zu trocken.«

»Du kannst sie ja in die Donau tauchen. Vielleicht schmecken s' dann besser«, verwarnt ihn Kottan.

»Dolferl!«, ruft Kottans Frau ermahnend.

Kottan lässt sich nicht so leicht zurückpfeifen.

»Warum isst er denn schon das fünfte?«

»Sind s' jetzt eigentlich alle weg?«, fragt Schremser traurig.

Kottan hält das letzte in der Hand, grinst und beißt davon ab.

»Ja.«

Schrammel ist bemüht das Thema zu wechseln.

»Wie der Fall aus'gangen is', können wir nächste Wochen in der Zeitung lesen.«

Kottan steht auf.

»Apropos Zeitung. Habts ihr die jetzt schon g'holt?«

»Na«, antwortet seine Frau gleichgültig.

»Was habts denn den ganzen Vormittag g'macht? Alles muss man selber machen.«

Frau Kottan verteidigt sich.

»Aber du warst es doch, der g'sagt hat, wir sollen im Haus bleiben.«

Kottan zieht es vor, ihre Rechtfertigung zu überhören und verlässt rasch das Zimmer. Zwei Minuten später steht er vor einem Zeitungsständer. Er wirft vorsichtige Blicke nach links und rechts und als er sich unbeobachtet glaubt, steckt er einen anstatt zwei Schillinge in den Schlitz. Nochmals prüft er die Umgebung, dann zieht er rasch eine Zeitung aus der Tasche. In diesem Moment fährt der Gendarm Seitinger auf seinem Moped vorbei. Er erkennt Kottan sofort. Der Major wirft schnell noch einen weiteren Schilling nach. Seitinger salutiert im Vorbeifahren.

»Auf Wiederschau'n.«

Kottan hebt ebenfalls die Hand. Dann murmelt er: »Nur nix verschreien«, und macht sich auf den Weg zurück zu seinem Haus.

Im Gästezimmer des Wirtshauses liegt Sylvia alleine im Bett. Peschina ist aufgestanden, lehnt beim Waschbecken und ist beinahe zur Gänze angezogen.

»Ich tät' mich noch mehr beeilen«, mault Sylvia vorwurfsvoll.

»Zuerst hast es du eilig g'habt.«

»Ja, weil ich gehen hab wollen. Und ich hätt' auch gehen sollen. Außer einer scheußlichen Nacht is' ja nix g'wesen.«

Peschina reagiert grantig.

»Bin auf einmal nur ich schuld?«

Sylvia bleibt ruhig, hat aber eine spöttische Bemerkung für ihn parat.

»Na ja, die meisten Männer haben keine Probleme mit mir. Nur du.«

Er mustert sie finster, Sylvia wirft noch eine spöttische Bemerkung hinterher.

»Der Inspektor aus Wien, der hat schon Recht g'habt gestern.«

»Mit was?«, fragt Peschina zornig.

»Klinisch tot. Nur...«

»Kusch! Ich geh jetzt.«

»Dann halt keine Reden. Geh. Musst g'stellt sein Punkt zwölf zum Mittagessen bei deiner Frau?«

Peschina steht schon bei der Tür, dreht sich noch einmal zu Sylvia um.

»Meine Frau lass aus dem Spiel!«

»Die is' ja auch nur ein Trostpreis. Du bist wirklich eine lächerliche Figur. Daheim ... nix. Und bei mir auch ... nix. Vielleicht machst bei der Wirtin noch ein' Stich. Is' aber deine letzte Hoffnung!«

Peschina verlässt wortlos das Zimmer und knallt die Tür hinter sich zu. Sylvia wirft ihm einen Stiefel hinterher und nimmt lautstark Abschied.

»Kretin!«

Die Wirtin sitzt allein in der Gaststube, am Sonntag hat das Wirtshaus geschlossen. Sie liest in einem Heftchen-Schicksalsroman, Erich eilt vom Hof in die Stube.

»Wo is' mein Mantel, Mama?«, will er ziemlich aufgeregt wissen.

»Den hast an.«
»Der andere.«
»Dein' Arbeitsmantel hab ich g'waschen«, erklärt die Wirtin.
»Und was zieh ich jetzt an?«
»Heut brauchst ihn net. Wir haben Ruhetag. Setz dich her zu mir. Und bring die Jolly-Karten mit. Du willst doch Kartenspielen mit mir?«
Erich hängt seinen Mantel auf einen Kleiderhaken an der Wand, antwortet zögerlich.
»Ja.«
Seine Mutter fährt ihm durch die Haare.
»Brav bist.«
Ein kurzer zorniger Blick, dann richtet er sich die Frisur. Seine Mutter bemerkt nichts, sie ist mit dem Mischen der Karten beschäftigt.

Als Kottan mit der mühsam erbeuteten Zeitung in sein Haus zurückkehrt, findet er nur noch seine Frau und Sissi vor. Sofort erkundigt er sich nach dem Verbleib von Schrammel und Schremser.
»Sind die zwei schon in die Sauna g'fahren?«
»Na, drüben beim Schremser sind s'. Sie warten auf dich«, beruhigt ihn seine Frau.
Kottan nickt, dann nimmt er seine Tochter mit einem finsteren Blick ins Visier.
»Was hast denn Papa?«, erkundigt sie sich.
»Du fahrst mir da nimmer allein heraus, Sissi. Is' des klar?«
Sissi hebt gleichgültig die Schultern.
»Von mir aus. Was regst dich denn jetzt auf einmal so auf?«
»Vorher hab ich net können. Ich mach mich doch net vor die Kollegen lächerlich.«
»Vor mir aber schon?«, wirft Frau Kottan ein.
Kottan überhört ihre Zwischenbemerkung, wendet seinen Blick nicht von seiner Tochter ab.
»Deine Freundin, die Erna, die is' jetzt auf jeden Fall tot.«
Sissi ist unbeeindruckt.
»Des war net meine Freundin.«

»Und der Bösmüller, der sie wahrscheinlich um'bracht hat, den kennst auch.«

Sissi beginnt zu kichern.

»Der Bösmüller?«

Kottan schaut jetzt noch finsterer, er vermisst den nötigen Respekt seiner Tochter.

»Ja. Der Bundesheerflieger Bösmüller. Was gibt's da zum lachen?«

Sissi schüttelt den Kopf.

»Nie. Nie im Leben hat der die Erna um'bracht. Des is' doch der Weihnachtsmann persönlich.«

Kottan dreht ihr geschickt das Wort im Mund um.

»So gut willst ihn kennen?«, hakt er nach.

Sissi erkennt, dass sie sich immer tiefer in eine für sie äußerst unglückliche Lage reitet und bemüht sich um einen Rückzieher.

»Na ... ich sag nur...«

Kottan hebt wichtigtuerisch den Zeigefinger, seine Stimme wird immer lauter.

»Moment! Jetzt kenn ich mich genau aus.«

Er baut sich drohend vor Sissi auf. Den Versuch seiner Frau ihn zu beruhigen, beachtet er nicht.

»Dolferl!«

»Wer war am Freitag da im Haus mit dir?«, verhört Kottan seine Tochter.

»Den kennst du net«, antwortet sie ruhig.

»Ah, den kenn ich net ?«

»Na.«

Kottan brüllt Sissi an.

»Der Bösmüller war's!«

»Des kannst du gar net wissen«, beharrt sie.

»Des kann ich schon wissen!«

Kottan wirft das Taschentuch mit seinem Monogramm vor Sissi auf den Tisch.

»Was is' des?«, fragt Frau Kottan.

»Eines meiner Taschentücher!«, schreit Kottan. »Des hat der Herr Bösmüller, wie er am Freitag da war, mitgehen lassen.«

Sissi bemüht sich weiterhin um eine möglichst unbeeindruckte Miene und antwortet ruhig:

»Des war ein Versehen. Wahrscheinlich.«
»Geh. Ein Verseh'n?«
»Ja.«
Kottan dreht seiner Tochter den Rücken zu, und wendet sich vorwurfsvoll an seine Frau.
»Na, was sagst jetzt? Mit so was liegt deine Tochter im Bett.«
»Hat dieser Herr Bösmüller schon ein Geständnis abg'legt?«, erkundigt sich Frau Kottan.
»Des is' doch nur eine Frage der Zeit!«
»Also ist der Mord noch gar net bewiesen. Reg dich wieder ab.«
»Ich will aber net!«, schreit Kottan. Er bleibt eine Weile stehen, marschiert in Richtung Küche und zurück, dann eilt er zur Haustür, in der er sich umdreht. »Mit euch beiden kann man ja kein vernünftiges Wort reden!«
Er schmeißt die Tür von außen zu.

Kottan läuft über die Veranda, die Stufen hinunter. Er bemüht sich ein freundliches oder zumindest unbeteiligtes Gesicht aufzusetzen, das er Schremser und Schrammel zu präsentieren gedenkt.
»Seids fertig zum Schwitzen?«, ruft er von der letzten Stufe seines Stelzenhauses, in Richtung Nachbargrundstück.
Kottan starrt hinüber zu Schremsers Holzhaus, dort rührt sich nichts. Seine Kollegen stehen unbemerkt am Fuße des Stiegenaufganges nur wenige Meter entfernt.
»Schon lang«, antwortet Schremser dicht hinter ihm und jagt Kottan mit seinen Worten einen gehörigen Schrecken ein.

Sylvia hält sich immer noch im Gästezimmer des Wirtshauses auf. Inzwischen ist sie jedoch aufgestanden und teilweise bekleidet. Den Rock hat sie noch nicht an. Plötzlich stürmt Peschina aufgeregt ins Zimmer. Sylvia begrüßt ihn ärgerlich.
»Des is' doch kein Durchhaus da. Kannst du net anklopfen?«
Peschina antwortet nicht, lässt sich keuchend aufs Bett fallen.
»Is' deine Frau hinter dir her?«, lacht Sylvia.
»Na. Die Erna. Die Erna is tot.«
Sylvia schaut ihn ungläubig an.

»Ich versteh dich net.«
»Ermordet. Verstehst jetzt?«
»Ermordet?«
»In der Au unten. Gleich bei der Donau.«
Sylvia schenkt Peschinas Worten keinen Glauben.
»Machst du jetzt einen Witz?«
»Die Witz' sind mir vergangen«.
Sylvia beginnt zu stottern.
»Aber ... der Bösmüller Gerhard ... der is' doch gestern...«
»Den Bösmüller hat die Gendarmerie verhaftet. In der Früh schon«, unterbricht sie Peschina grob.
»Wann die wirklich tot is', hat er sich gestern Abend ganz schön verdächtig g'macht.«
Peschina steht auf.
»Jetzt muss ich wirklich nach Haus.«
Er läuft hinaus und wirft die Tür schwungvoll hinter sich zu.
»Wart auf mich! Ich bin sofort fertig! Wart doch!«, ruft ihm Sylvia nach, die sich so ganz alleine nun doch etwas unsicher fühlt.
Sie schließt schnell den Rock, zieht ihre Stiefel an, greift nach ihrem Mantel, läuft zur Tür und reißt die Tür auf.
»Gustl!«, schreit sie.
Im nächsten Augenblick prallt sie zurück. In der Tür steht Erich und versperrt ihr den Weg.
»Guten Morgen, Fräulein Sylvia«, grüßt Erich freundlich und lächelt sie an.
Sylvia lacht kurz und weiß nicht so recht was sie von seiner Anwesenheit vor ihrer Tür halten soll. Sie will nur eines, schnell fort von hier.
»Ich bin kein Fräulein. Lass mich vorbei.«
Erich bleibt stur stehen.
»Wissen S' schon, was passiert is?«
»Ja, des weiß ich. Jetzt mach Platz, sonst passiert gleich noch was. Was willst überhaupt schon wieder? Horchen? Zuschauen? Was anderes hat wohl in dein' Kopf eh net Platz.«
Erich bleibt nach wie vor ruhig.
»Ich versteh Sie net, Fräulein Sylvia.«

»Es weiß doch sowieso jeder im Ort, dass du immer fleißig an Liebespaare vermietest, damit du auf deine Kosten kommst«, herrscht sie ihn an.

Er erschrickt.

»Des wissen alle?«

»Für sonst was reicht's ja net bei dir. Der Erna hast ja auch immer nachspioniert.«

Erich macht ein betroffenes Gesicht und beginnt zu stottern.

»Der ... der Erna ... wieso der Erna?«

Sylvias Miene verändert sich. Mit einem Mal wird ihr klar, was gestern Abend passiert sein muss. Sie versucht Erich in die Enge zu treiben und beginnt ihn in einem überheblichen Ton anzuklagen.

»Und gestern bist ihr auch nach'gangen«

»Na.«

»Nach'gangen bist ihr.«

Inzwischen ist Erich der Ängstlichere von beiden.

»Na. Des hat niemand g'sehen.«

»Beiden bist nachg'schlichen, der Erna und dem Bösmüller. Dann hat die Erna mit dem Bösmüller zum Streiten ang'fangt.«

»Mich hat niemand g'sehen«, wiederholt Erich.

»Und allein mit ihr hast dir net zu helfen g'wusst! So war's doch!«

»Mich hat niemand g'sehen«, wispert er noch einmal kleinlaut.

Ratlos und nervös wie Erich ist, versetzt er ihr einen unvermittelten Schlag ins Gesicht. Sylvia taumelt zurück, prallt gegen die Wand. Blut fließt ihr aus der Nase. Erich entschuldigt sich erschrocken.

»Entschuldigung, Fräulein Sylvia. Des hab ich net wollen. Darf ich Ihnen helfen?«

Er macht einen wirklich besorgten Eindruck und hält ihr ein Papiertaschentuch hin. Im ersten Schock bemerkt Sylvia nicht, dass sie aus der Nase blutet und verteilt das Blut mit den Händen im Gesicht.

»Schau dir des an, du hirnloser Ochse!«, brüllt sie.

»Bitte net schimpfen, Fräulein Sylvia.«

Sie schlägt mit der Handtasche auf ihn ein.

»Lass mich jetzt hinaus, du Idiot!«

»Net schreien, bitte«, fleht er hilflos.

Erich wird immer leiser und leiser, fühlt sich durch Sylvias Überlegenheit und ihre Nähe bedroht.

Er wiederholt noch einmal: »Net schreien, Fräulein Sylvia.«

Sie hört nicht auf ihn.

»Du Dorftrottel!«

Das leise Aufklappen eines Springmessers ist zu vernehmen. Mit einem Mal verändert sich Sylvias Gesicht. Sie gleitet an der Wand zu Boden. Erich lässt das Messer fallen und dreht seinen Kopf zur Tür, als er die Wirtin ausrufen hört.

»Erich! Um Gottes willen! Erich!«

Einen kurzen Moment lang starrt sie die Tote an, Erich flüchtet über das Bett in einen Winkel. Seine Mutter läuft ihm nach, schlägt mit einem kleinen Kehrbesen auf ihn ein.

»Was hast denn da g'macht, Erich, bist verrückt g'worden, was hast denn da g'macht?«

»Net schreien«, wimmert Erich.

Sie schlägt noch ein paar Mal zu, dann hört sie auf. Er schluchzt weiter.

»Was bist denn da herauf'gangen? Was hast denn da wollen?«, jammert sie.

Erich stottert.

»Die ... Sylvia hat mich g'sehen ... gestern, in der Au, mit der Erna.«

»Mit der Erna? Des kann net stimmen. Die Sylvia war die ganze Zeit in der Gaststuben.«

»Warum hat's dann so geredet?«, stammelt Erich verständnislos.

Seine Mutter ist verzweifelt.

»Dann war des wirklich Blut auf dein' Mantel? Was hat s' dir denn g'macht, die Erna?«

Erich schweigt zunächst und beginnt dann abgehackt zu sprechen.

»Ich wollt' doch gar nix ... ich hab nur net g'wusst ... ich hab g'laubt, sie lacht mich aus.«

Die Wirtin faltet die Hände.

»Hab ich dir net immer und immer zug'redet, hab ich net immer g'sagt, vernünftig sollst sein, g'scheit sollst werden und net dauernd hinter alle nachspionieren. Hinter die verdammten Weiber.«

Erich antwortet nicht, seine Mutter behält die Tür im Auge, während sie leise mit sich selbst spricht: »So eine Straf'! Was hab ich denn g'macht?«

»Rufst die Polizei an, Mama?«, stammelt Erich ängstlich.

Die Wirtin erschrickt, fasst sich aber schnell wieder.

»Die Polizei? Auf keinen Fall. Erich, du bleibst da. Die Tote musst wegschaffen, dann kann nix passieren. Komm, ich helf dir dabei.«

Der Sohn rührt sich nicht von der Stelle.

»Jetzt komm schon. In Zukunft horchst mehr auf mich. Mit dem Auto bringst du die weg«, befiehlt die Wirtin mit fester Stimme.

Die drei Wiener Kriminalbeamten sind inzwischen in der öffentlichen Sauna eingetroffen. Schrammel und Kottan befinden sich im Vorraum und gönnen sich noch ein Seidel Bier. Schremser ist schon in der Kabine und klopft ungeduldig von innen an die Scheibe.

»Saufts net so viel. Jetzt tuts endlich weiter«, ruft er hinaus.

»Wir kommen schon«, versichert Schrammel.

Zusammen betreten sie mit umgebundenen Handtüchern die Saunakabine. Schrammels neuer Waschlappen bleibt dabei mit der Schlaufe versehentlich am Türgriff hängen und entgleitet unbemerkt seinen Händen.

»Und? Soll ich euch aufgießen und wacheln?«, fragt Kottan.

Schremser zuckt mit den Schultern.

»Wann du gern stehst.«

»Ich hab nix dagegen. Ich muss eh mein' finnischen Waschel ausprobieren«, erklärt Schrammel.

»Was musst?«, fragt Schremser argwöhnisch.

»Mein' finnischen Waschel ausprobieren. Der is' sicher sehr klass. Den hab ich mir extra aus Turku schicken lassen.«

»Zeig einmal her den Wunderwaschel«, verlangt Kottan unbeeindruckt.

Schrammel schaut sich um.

»Wo is' jetzt der Waschel? Ich hab ihn doch ganz sicher mitg'nommen.«

Kottan lacht.

»Der Schremser sitzt wahrscheinlich drauf.«

»Sitzen Sie auf mein' finnischen Waschel?«, fragt Schrammel.

»Na«, beteuert Schremser.

»Stehen S' einmal auf.«

»Ich steh net auf.«

Für Kottan ist das ein Schuldeingeständnis oder zumindest die Gelegenheit Schrammel weiter anzustacheln.

»Siehst, Schrammel, er sitzt doch drauf. So gib ihm halt den finnischen Waschel, wo er ihn doch extra importieren hat lassen.«

Schrammel versucht von links und rechts unter Schremsers Gesäß zu schauen, was ihm jedoch nicht gelingt. Er mustert Schremser misstrauisch.

»Was grinsen S' denn so, wann S' net auf mein' Waschel sitzen?«

»Verboten?«

»Ich weiß genau, dass ich ihn herein mitg'nommen hab, den Waschel.«

Kottan bemüht sich die Wogen zu glätten.

»Ruhig jetzt. Ihr verbrauchts ja den ganzen Sauerstoff«, schimpft er und beginnt mit dem Aufguss.

Der Jäger, der bereits die ermordete Erna Beer entdeckt hat, wandert abseits vom Weg durch die Au. Plötzlich sticht ihm ein ungewöhnlicher, länglicher Gegenstand ins Auge. Neugierig tritt er näher und entdeckt die tote Sylvia Koronek. Er zieht ein verzweifeltes Gesicht.

»Na! Schon wieder?«

Er nähert sich dem regungslosen Körper der jungen Frau und muss feststellen, dass sie tatsächlich tot ist. Erschrocken weicht er einen Schritt zurück, prallt dabei mit dem Kopf gegen einen Ast und macht sich dann rasch auf den bereits bekannten Weg zum Gendarmerieposten.

Der Major und seine Kollegen sitzen inzwischen in Kottans Auto. Sie fahren auf dem Schotterweg, der in die Au führt. Schrammel trinkt schon wieder aus einer Dose dänisches Bier, was Schremser missbilligend kommentiert.

»Vorher Bier und nachher Bier. So ist die Sauna für die Katz.«

Schrammel ist das egal.

»Kann sein.«

Schremser schüttelt den Kopf.

»Schnallst du dich net an?«, fordert Kottan Schrammel auf, der am Beifahrersitz Platz genommen hat.

Schrammel winkt ab, er findet diese Vorsichtsmaßnahme komplett unnötig.

»Ah was! Für des kurze Stück?«

»Is' aber Gesetz«, belehrt ihn Schremser.

Schrammel wirft einen Blick nach links auf Kottan, der ebenfalls den Sicherheitsgurt nicht angelegt hat.

»Und was is' mit Ihnen?«

»Na ich, ich halt mich ja am Lenkrad fest«, erklärt Kottan.

»Anhalten kann ich mich auch.«

Demonstrativ greift er nach dem Haltegriff über dem Seitenfenster. Kottan beginnt plötzlich den *Radetzky-Marsch* zu pfeifen, Schremser setzt nach ein paar Takten mit tiefen Tönen ein. Kottan hört auf, reagiert unerwartet schroff.

»Fang dir deine Lieder selber an.«

Schremser verschlägt es für einen Augenblick die Sprache, dann murmelt er: »Grantscherm.«

Kottan grinst zufrieden und sucht Schremsers Blick im Rückspiegel. Seine Worte waren nicht ernst gemeint und er freut sich über die Reaktion seines Kollegen. Vor ihnen ist der Gendarm Seitinger auf seinem Moped zu sehen.

»Ah. Da is' ja schon wieder unsere graue Maus«, amüsiert sich Kottan.

Bevor er das Moped überholen kann, dreht sich der Gendarm um, erkennt das Auto und fordert Kottan auf den Wagen anzuhalten. Kottan muss jäh bremsen, das Auto rutscht. Er steigt aus.

»Na, is' alles erledigt, Herr Seitinger?«

»Im Gegenteil. In der Au is' noch eine Tote g'funden worden.«

Kottan verzieht das Gesicht.

»Wann?«

»Vor einer halben Stund'.«

»Und? Wo is' euer Mordkommission?«

»Die sind eh schon am Tatort. Die waren ja noch auf'm Posten beim Verhör.«

»Wir fahren ihnen nach«, erklärt Kottan.

Er steigt wieder ein. Schrammel hält sich seinen Kopf. Bei dem plötzlichen Bremsmanöver ist er damit an die Windschutzscheibe geknallt. Mit vorwurfsvollem Blick überreicht er Kottan den abgerissenen Haltegriff. Der Major ist wenig beeindruckt und zeigt auch kein Mitleid.

»Ich hab ja g'sagt, schnall dich an.«

»Jetzt bin ich eh schon ang'schnallt. Aber...«

»Was aber?«, fragt Kottan.

»Wann Ihre Gurten genauso gut halten...«

Kottan schaut ihn beleidigt an. Er gibt Gas, beschleunigt rasch und bremst mit einem Mal plötzlich ab. Der erschrockene Schrammel wird herumgeschleudert, aber durch den Sicherheitsgurt aufgefangen.

»Zufrieden?«, erkundigt sich Kottan.

Wenig später treffen Kottans Wagen und Seitingers Moped am Fundort der Leiche ein. Außer den niederösterreichischen Beamten der Mordkommission und den Gendarmen ist dieses Mal noch niemand vor Ort. Nur Bösmüller sitzt auf dem Rücksitz eines Autos, die Beine frei, die Hände in Handschellen. Er hat ein blaues Auge und Abschürfungen im Gesicht. Schremser sieht sich um.

»Des is' diesmal net der Tatort«, stellt er entschlossen und nachdrücklich fest.

Schrammel stimmt zu.

»Viel zu nah bei der Straße.«

Pilz schaut Kottan mit großen Augen an.

»Na? Jetzt bist baff.«

»Hast du vielleicht mit so was g'rechnet?«

»Überhaupt net.«

Kottan kommt näher, wirft einen Blick auf die Tote, die er sofort erkennt.

»Die is des?«

»Kennst du sie?«, fragt Pilz.

»Ich hab keine Ahnung, wie sie heißt. Ich weiß eigentlich nur, so komisch das klingt, dass sie heute Geburtstag hat.«

»Wie sie heißt wissen wir schon: Koronek Sylvia.«, erklärt Pilz überheblich und freut sich über seinen Informationsvorsprung gegenüber dem Wiener Kollegen.

Schrammel betrachtet die Leiche eingehend, dann legt er sich fest.

»Die is' sicher noch net lang tot.«

»Des sieht man«, bestätigt auch Schremser.

Kottans Überlegungen gehen prinzipiell ihn eine ähnliche Richtung.

»Und außerdem: in der Früh haben wir die Tote sicherlich net übersehen.«

Pilz gefällt das alles nicht.

»Wann des stimmt, kann ich meine zwei Verdächtigen gleich wegschmeißen.«

»Schaut ganz so aus«, meint Schremser.

»Na dann sind wir grad noch rechtzeitig vom Verhör am Gendarmerieposten herg'rufen worden.«

»Hm? Was heißt rechtzeitig?«, will Kottan von Pilz wissen.

»Na ja, der Bösmüller is' eigentlich schon kurz vorm Geständnis g'wesen.«

Kottan mustert zuerst das zerschundene Gesicht Bösmüllers, dann Pilz und nickt ihm zu.

»Man sieht's.«

Schremser macht inzwischen eine andere Beobachtung und zeigt mit einer Krücke auf Abdrücke im Schnee, die von der Straße bis zur Leiche führen.

»Den Schleifspuren nach is' die Tote von einem Auto ausg'laden worden.«

Plötzlich bemerkt Schrammel, dass Kottans Frau und Sissi näher kommen.

»Chef! Da kommt Ihre Frau!«

»Was machts ihr da?«, ruft ihnen Kottan missmutig entgegen.

»Na was wohl? Einen Spaziergang natürlich«, antwortet seine Frau. »Genehmigt?«

»Ich hab g'sagt, ihr sollts im Haus bleiben.«

Sissi drängt sich vorbei zur Leiche, lässt sich weder von Schrammel noch von Schremser aufhalten. Auch sie erkennt die Ermordete sofort.

»Des is' ja die Sylvia!«

Kottan mustert seine Tochter von oben herab.

»Verstehst jetzt endlich?«

Kottan kümmert sich wieder um Pilz und Seitinger. Sissi entdeckt Bösmüller, läuft zu ihm hin. Sie betastet sein zerschlagenes Gesicht.

»Was is' des?«

»Hing'fallen«, antwortet Bösmüller lakonisch.

Kottan zeigt auf die Leiche.

»Wo hat die g'wohnt?«, will er von den niederösterreichischen Kollegen wissen.

»Immer noch bei ihren Eltern«, antwortet Seitinger.

»Ich hab eh schon einen von meine' Leut' dort«, ergänzt Pilz.

Kottan nickt, hat aber eine andere Idee.

»Da werdet ihr net viel erfahren. Wir sollten zum Wirtshaus schauen. Da hat sie von gestern auf heut übernachtet.«

»Ah so? Warum das?«, fragt der Gendarm Seitinger unwissend, obwohl gerade er als Ortsässiger mehr Einblick in das Leben der Dorfbewohner haben sollte.

»Kalt wird ihr g'wesen sein. Sie hat sich einen Eisenbahner g'nommen ... für die Nacht.«

»Sie meinen den Peschina?«, fragt der Gendarmeriebeamte überrascht.

Kottan nickt.

»Der Peschina is' aber verheirat'«, erklärt Seitinger empört.

Das interessiert Pilz nur am Rande.

»Wo wohnt denn dieser Peschina?«

Genau kennt Seitinger die Adresse nicht.

»Jedenfalls auf der Hauptstraßen, die Nummer is' 23, glaub ich. Ein gelbes Haus auf jeden Fall.«

»Na wir werden's schon finden«, ist sich Pilz sicher. Dann fordert er Kottan auf: »Na gut, dann schauen wir uns den Herrn Peschina einmal genauer an. Oder magst nimmer?«

»Doch. Is' ja mein Hobby.«

»Und was passiert jetzt mit dem Herrn Bösmüller?«, will Seitinger wissen.

Pilz marschiert zu seinem ehemaligen Hauptverdächtigen, bleibt vor ihm stehen. Sissi weicht zur Seite.

»Willst dich beschweren?«

Bösmüller verneint kopfschüttelnd. Das ist die korrekte Antwort. Pilz dreht sich wieder zu Seitinger um und deutet auf Bösmüllers Handschellen.

»Na dann. Lassen wir ihn aus!«

Seitinger öffnet die Handschellen. Pilz und Kottan steigen in Kottans Auto ein, in dem Schrammel und Schremser bereits warten. Kottan dreht sich noch einmal zu Sissi um, die Bösmüller umarmt.

»Sissi! In mein Haus ladest ihn jetzt net ein!«, schreit er.

Frau Kottan kommt Sissi und Bösmüller zu Hilfe und wirft ihrem Mann einen trotzigen Blick zu.

»Dann halt in mein's.«

Der Major rümpft die Nase und denkt laut nach.

»Bei dem ermordeten Mädchen in der Früh waren doch eine Menge Blutspuren, wegen der vielen Einstiche. Ich kann mir net vorstellen, dass auf dem G'wand vom Täter kein Blut is'.«

Pilz hebt hilflos die Arme, die Handflächen nach oben gerichtet.

»Der Obdachlose hat nix oben g'habt. Der Bösmüller erst recht net.«

»Den Rock und die Hosen vom Peschina werden wir uns eben genau anschauen«, kündigt Schremser an.

Eine kurze Fahrt bringt die Kriminalbeamten zu Peschinas Haus. Die Beamten parken Kottans Wagen bzw. das Polizeiauto vor dem Haus und marschieren in den Hof, in dem sich der Hauseingang befindet.

»Du schaust nach hinten«, befiehlt Pilz einem Beamten, der sich umgehend auf den Weg macht.

»Und wir?«, will Schrammel wissen.

Pilz lächelt.

»Na wir klopfen an.«

Pilz klopft wirklich an die Haustür. Niemand öffnet. Er drückt die Schnalle, die Tür ist versperrt. Er klopft härter und ruft dann laut durch die geschlossene Tür.

»Herr Peschina! Machen S' auf! Kommen S' raus! Des Haus is' umstellt!«

Keinerlei Reaktion im Haus.

»Und jetzt?«, fragt Schrammel leise.

Pilz macht einen entschlossenen Gesichtsausdruck.

»Ich werd mich mit dem sicher net lang spielen.« Er klopft jetzt noch einmal stärker gegen die Tür und schreit wieder. »Kommen S' heraus! Des is' die letzte Aufforderung! Wir brechen die Tür auf und stürmen das Haus!«

Er winkt einem Beamten, der mit einem Brecheisen in der Hand auf seinen Einsatz wartet. Der Beamte schreitet zur Tat und bearbeitet mit dem Brecheisen die Tür, während Pilz an der Schnalle zieht. Schrammel steht knapp hinter Pilz und verfolgt das Geschehen äußerst interessiert.

»Der Pilz hat Mut«, stellt Schremser fest. Kottan verdreht nur die Augen.

Beide beobachten die Ereignisse aus sicherer Entfernung, lassen die Tür aber nicht aus den Augen. Plötzlich schlägt die Tür ruckartig auf, Pilz fällt nach hinten, stößt gegen Schrammel, der zu Boden geworfen wird. Hinter der nun geöffneten Tür ist nicht der Eingang, sondern nur eine Toilette zu sehen. Pilz richtet seine Mütze gerade und betrachtet das erfolgreich gestürmte Klo.

»Des fallt mir am Kopf.«

Schrammel erhebt sich und klopft den Schmutz aus seinen Kleidern. Kottan versucht sein Glück an einer Nebentür, die anscheinend ein Zugang in den Keller ist. Sie ist offen und führt direkt ins Wohnhaus. Die Beamten durchsuchen das Haus, finden jedoch niemanden. Auch im Garten hält sich niemand auf. Als die Beamten unverrichteter Dinge abziehen wollen, nähert sich Peschina. Er bleibt vor dem Haus stehen und betrachtet die Kriminalbeamten misstrauisch. Als Erster kommt ihm Pilz aus dem Haus entgegen, gefolgt von den Wiener Polizisten.

»Was machen Sie da?«, forscht Pilz.

Peschina schaut ihn verwundert an.

»Und was machen Sie da?«

Pilz hat keine Lust auf irgendwelche Spielchen.

»Ich hab g'fragt. Wer sind Sie?«

»Na ich wohn' da«, erklärt Peschina.

»Und wo kommen S' jetzt so plötzlich her?«

Der Eisenbahner deutet mit dem Daumen hinter sich.

»Durch die Gartentür. Ich hab mir ein Bier g'holt.«

Als Beweis hält er eine Flasche hoch. Jetzt nähern sich auch die anderen Beamten. Pilz setzt seine Befragung fort.

»Sie wissen hoffentlich, dass gestern am späten Nachmittag oder Abend in der Au ein Mord passiert is.«

Peschina nickt, gibt sich lässig.

»Ja, ja. Und jetzt wollen S' wahrscheinlich von mir wissen, wo ich gestern die ganze Zeit war?«

»Ja.«

Peschina schnaubt, beginnt sich aufzuregen seine Stimme wird lauter.

»Und deswegen reiten S' da mit hundert Kiberer ein? Mit mir net! Bei mir geht des net eine!«

»Gib eine Antwort!«, verlangt Kottan.

»Sie wissen doch eh alles. Ich hab im Wirtshaus g'schlafen. Die Sylvia Koronek kann des bestätigen. Die war die ganze Zeit bei mir.«

»Ein glänzendes Alibi.« Schrammel nickt anerkennend.

»Prüfen Sie es ruhig nach!«

Schremser blinzelt Peschina vertraulich zu.

»Aber diskret, net wahr, Herr Peschina, damit Ihre Frau nix merkt.«

»Darum wollt' ich Sie grad ersuchen.«

Pilz kommt zum Kern der Angelegenheit.

»Herr Peschina, Ihr Alibi is' leider tot. Vor knapp einer Stund' ist die Frau Koronek in der Au g'funden worden. Ermordet.«

Peschina kann es nicht glauben, schüttelt energisch den Kopf.

»Blödsinn.«

»Drehen Sie sich einmal um«, fordert ihn Kottan auf.

»Was soll des?«

»Sind S' so lieb.«

Peschina befolgt die Anweisung. Kottan begutachtet Hose und Rock. Blutflecken sind keine zu sehen.

»Haben S' desselbe gestern auch schon ang'habt?«, will Pilz wissen.

»Ja.«

»Und Ihr Mantel? Sie haben doch sicher einen Mantel g'habt«, mischt sich Schremser ein.

Peschina denkt kurz nach, dann hat er die einzig logische Antwort.

»Der Mantel, der hängt wahrscheinlich noch beim Wirten.«

Kottan zeigt auf wie ein Schulkind.

»Darf ich mich drum kümmern?«, bittet er Pilz.

Dem ist das egal.

»Ja, wannst willst.«

Kottan winkt Schrammel, die beiden gehen zum Auto, steigen ein und machen sich auf den Weg zum Gasthaus.

»Und ich?«, fragt Peschina.

Pilz grinst in Peschinas Gesicht.

»An Sie hab ich noch eine Menge Fragen. Aber im Haus, hier is's mir zu kalt.«

Kottan und Schrammel stehen vor der Wirtshaustür, Schrammel klopft.

Die Wirtin ruft ungehalten ohne die Tür zu öffnen: »Ruhetag is'!«

Kottan deutet Schrammel, dass er nicht aufhören soll zu klopfen. Die Wirtin öffnet nur einen Spalt.

»Zu is'. Sind S' blind?«, schimpft sie. Dann erkennt sie die Kriminalbeamten, ihr Ton wechselt und bereitwillig öffnet sie die Tür. »Ach Sie sind des, Herr…«

»Inspektor gibt's kan«, kommt ihr Kottan zuvor.

»Ja, kommen S' nur herein.«

»Danke.«

Kottan und Schrammel betreten die Gaststube, die Wirtin schließt die Tür.

»Was soll's denn sein?«, fragt die Wirtin.

Kottan wehrt mit einer Handbewegung ab.

„Ruhetag", Kottan (Peter Vogel) steht vor der Wirtshaustür und wartet auf Einlass, den ihm die Wirtin (Erni Mangold) vorerst nicht gewähren will.

»Na danke, zum trinken heut nix. Der Peschina hat sein' Mantel angeblich bei euch vergessen. Den wollt' ich nur abholen.«
Die Wirtin zeigt auf den leeren Kleiderhaken.
»Da is' kein Mantel.«
»Aber vielleicht auf dem Zimmer. Ich könnt' ja schauen«, bietet Kottan an.
»Ich bring ihn schon, wann er da is'«, antwortet die Wirtin schnell und eilt davon.
Kottan und Schrammel nützen die Gelegenheit um sich umzusehen. Durch ein Türfenster entdeckt Kottan den zum Trocknen aufgehängten Arbeitsmantel Erichs im überdachten Hof. Kottan stößt Schrammel an, deutet in den Hof.
»Schau einmal! Da.«
Schrammel tritt näher, beide begutachten den Mantel. Als sie die Schritte der Wirtin hören, laufen sie rasch wieder zurück in

die Gaststube. Die Wirtin kommt mit Peschinas Mantel über dem Arm in die Wirtsstube.

»Sie haben Recht g'habt. Der Peschina hat ihn wirklich vergessen.«

Kottan nimmt den Mantel entgegen.

»Dankeschön. Sagen Sie, Ihr Sohn, is' der noch gar net da?«

»Der hat sich hing'legt. Der legt sich am Sonntagnachmittag, wann wir zug'sperrt haben, immer ein bisserl nieder.«

Schrammel übernimmt den Mantel von Kottan und mustert ihn sofort unauffällig.

»Kann ich Sie zu gar nichts verführen?«, erkundigt sich die Wirtin und berührt eine Weinbrandflasche.

»Heut net. Auf Wiederschauen«, verabschiedet sich Kottan und wendet sich dem Ausgang zu.

»Auf Wiederschauen.«

Die Wirtin schließt die Tür hinter den beiden Kriminalbeamten ab. Nur ein paar Sekunden später taucht ihr Sohn aus der Küche auf.

»Was hat er wollen?«

»Eh nix. Der depperte Peschina hat seinen Mantel oben vergessen.«

Erich bleibt misstrauisch.

»Sonst wollten s' nix?«

»Na. Du brauchst keine Angst haben«, versichert ihm sein Mutter.

»Haben s' die Sylvia schon g'funden?«

»Weiß ich net. Hätt' ich vielleicht die Polizei fragen sollen? Wirst sehen, wannst vernünftig bist, Erich, dann passiert dir nix. Und des Zimmervermieten, des geben wir auf.«

»Ich hab aber Angst«, flüstert Erich.

»Des brauchst net. Ich pass schon auf dich auf. Auf mich musst hören, dann holen s' dich net ab.«

Vor dem Gasthaus steigen Kottan und Schrammel in den Wagen.

»Der Mantel im Hof wird dem Wirt g'hören«, vermutet Schrammel.

»Ich kenn den Mantel«, entgegnet Kottan.

»Und?«

Kottan nickt bestätigend.

»Er g'hört tatsächlich dem Wirt.«

»Auf was warten wir dann?«

»Schrammel! Du willst schon wieder hudeln. So wird des nix. Erstens haben wir da überhaupt nix zum bestimmen. Zweitens: Willst jeden verhaften, der einen g'waschenen Mantel hat?«

»Der is' grad jetzt g'waschen worden. Wir finden sicher trotzdem noch Spuren.«

Kottan ist das zu unsicher.

»Und wann er ihn doch gut genug g'waschen hat? Dann sind wir die Blamierten.«

Schrammel hat noch eine weitere Idee.

»Des Auto können wir kontrollieren, wann er die Koronek mit dem Wagen in die Au g'schafft hat. Obwohl: Kann der Dodel überhaupt Auto fahren?«

»Na sicher«, beteuert Kottan. »Bei uns kriegt jeder Blinde einen Führerschein, wann er oft genug zur Prüfung antritt. Ich hab ja auch einen. Jetzt lass mich einen Moment nachdenken!«

»I' bin eh still.«

Nach ein paar Sekunden hat Kottan einen Vorschlag. Er schaut Schrammel an, spricht langsam.

»Der Wirt gilt doch so ein bissel als Spanner hier im Ort.«

»Als Voyeur meinen S'?«, verbessert Schrammel.

Kottan nickt anerkennend mit dem Kopf.

»Dein Fachwissen ... allerhand. Den Ruf hat er andererseits schon lang.«

»Was weiß man über die Mutter?«, fragt Schrammel.

»Ihr Mann war jedenfalls Obersturmbannführer ... beim Schicklgruber.«

»Was?«

»Eine Nazisau. Der is' verschollen. Von einem amerikanischen Besatzungssoldaten hat s' den Sohn. Wie der Ami g'merkt hat, dass sie ein Kind von ihm kriegt, hat er sich sehr flott versetzen lassen. Seither lebt s' à la carte.«

Schrammel versteht.

»Die hat viele Männer. Keinen bestimmten.«

Kottan hebt den Zeigefinger.

»Einen schon. Und den will s' auch behalten.«

»Und was machen Sie jetzt?«

»Gar nix. Ich darf ja net. Der Pilz trifft in dem Fall die Entscheidungen. Ich könnt' ihm aber einen Vorschlag machen. Eine Idee hätt' ich ja schon...«

Nachdem Kottan und Schrammel wieder bei Peschinas Haus angekommen sind, umreißt der Major mit wenigen Worten seinen Plan zur Überführung des Täters. Dass es sich dabei um Erich handelt, steht für ihn fest. Pilz lauscht den Ausführungen, bleibt aber vorerst ein wenig skeptisch.

»Bist dir sicher, dass des ein guter Einfall is'?«, fragt er seinen Wiener Kollegen.

»Ganz sicher. Und außerdem: weißt du vielleicht irgendwas Besseres?«

Pilz schüttelt bedauernd den Kopf.

»Na. Und des Risiko?«

Kottan winkt ab.

»So groß is' des net.«

»Dein's wirklich net. Ich dagegen bin heut ja schon zweimal ziemlich eing'fahren«, bemerkt Pilz und zeigt auf die aufgebrochene Klotür im Hof. »Und der Peschina will die Anzeige machen.«

»Des glaub ich net. Also?«

Pilz überlegt kurz und willigt dann ein.

»Na gut, versuchen wir's. Wann's schief geht, gehst zurück nach München.«

»Da schießen s' mir zu schnell und zu schlecht. Außerdem: da geht nix schief. Wirst sehen, des geht jetzt ruck, zuck.«

Erich und die Wirtin sitzen an einem Tisch in ihrem Lokal. Sie füttert ihn mit Mandarinenspalten. Es klopft an der Tür. Erich erschrickt.

»Wer is' des wieder?« Er wird nervös. »Jetzt holen s' mich.«

»Na. Red kein Blech«, beruhigt ihn seine Mutter und steht auf.

Trotzdem zieht sich Erich vorsichtshalber in die Küche zurück. Die Wirtin geht zum Eingang, spricht dabei leise mit sich selbst.

»Die Leut' in dem Nest können net einmal lesen.« Noch bevor sie bei der geschlossenen Tür ankommt, ruft sie schon laut: »Wir haben heute geschlossen, heute ist Ruhetag!«

Trotzdem sperrt sie auf und gibt den Weg frei. Frau Kottan und Pilz betreten engumschlungen die Gaststube, ganz so, als ob sie ein Liebespaar wären. Die Wirtin schließt die Tür, sperrt aber nicht ab. Sie kennt Frau Kottan nicht.

»Entschuldigen S'. Ich weiß schon, dass des Wirtshaus heut eigentlich zu is'. Aber wir wollten ein Zimmer bei ihnen mieten«, behauptet Frau Kottan und lässt dabei Pilz nicht los.

»Ein Zimmer wollen S'?«

Frau Kottan schaut harmlos drein.

»Sie vermieten doch Zimmer, oder?«

Die Wirtin zögert.

»Na ja, eigentlich nimmer...«

»Aber draußen steht's ang'schrieben: Fremdenzimmer«, beharrt Frau Kottan und drückt sich eng an Pilz.

»Die Zimmer sind alle vergeben«, behauptet die Wirtin schnell.

Frau Kottan und Pilz schauen einander enttäuscht an. Sie gibt ihm ein Zeichen mit der rechten Hand. Pilz holt zwei Hundertschillingscheine aus der Brieftasche, die er der Wirtin unter die Nase hält.

»Is' des genug?«

Die Wirtin ändert ihre Meinung.

»Wollen die Herrschaften lang bleiben?«

Frau Kottan schaut Pilz an.

»Wollen wir lang bleiben?«

»Na«, antwortet Pilz verlegen.

Die Wirtin nimmt die Geldscheine, zeigt dann nach hinten zu den Gästezimmern.

»Des Zweier-Zimmer is' in der Früh frei g'worden, fallt mir grad ein. Wann Sie es sich anschauen wollen.«

Pilz winkt ab.

»Net notwendig«, meint er. »Wir nehmen's auf jeden Fall.«

Frau Kottan nickt ihm beipflichtend zu.

»Der Aufgang is' da hinten, über den Innenhof. Der Schlüssel steckt eh im Schloss. Zimmer zwei!«, erklärt die Wirtin.

Frau Kottan bedankt sich. Sie zieht Pilz weiter, der sich noch einmal umdreht. Die ganze Angelegenheit ist ihm ein wenig peinlich. Ein paar Sekunden nachdem die beiden Turteltauben verschwunden sind, kommt Erich aus der Küche.

»Wer war denn des?«

»Fremde«, erklärt seine Mutter.

Er erkundigt sich aufgeregt:

»Hast ihnen des Zimmer vermietet?«

Die Wirtin steckt die Geldscheine ein.

»Ja.«

»Und die sind net von da?«, will Erich wissen.

»Na.«

Erichs Erregung steigert sich.

»Die ... die muss ich mir anschauen, wann's net von da sind.«

»Da bleibst! Vernünftig musst sein«, befiehlt die Wirtin.

»Ich mach eh nix. Ehrenwort, Mama. Nur schauen, nur schauen.«

Sie packt ihren Sohn beim Ärmel.

»Du kannst doch net schon wieder anfangen.«

»Lass mich aus!«

»Erich! Auf mich musst horchen.«

»Auslassen sollst!«

Er reißt sich los. Die Wirtin stolpert, taumelt und prallt gegen den Schanktisch. Sie schaut ihrem Sohn verzweifelt nach. Erich ist nach hinten in den überdachten Hof geeilt und im nächsten Moment verschwunden.

»Bleib da!«, ruft sie ihm vergeblich hinterher.

Frau Kottan und Pilz machen es sich inzwischen im Gästezimmer gemütlich. Sie stehen mitten im Raum und umarmen sich innig. Er streichelt sie, fährt mit den Fingern durch ihre Haare, zieht ihr die Weste aus.

»Kommst jetzt?«, flüstert Pilz zärtlich.

»Wohin?«

»Na aufs Bett.«

»Du hast es aber eilig.«

»Allzu viel Zeit haben wir auch net.«

Ohne einander loszulassen tasten sie sich an das Doppelbett heran.

Erich hat vor der Tür des Gästezimmers Posten bezogen und beobachtet das Paar durch den Spion hinter dem Türschild. Als sein Blick auf das Gesicht von Frau Kottan fällt, zuckt er kurz zusammen. Er erkennt Kottans Frau, bleibt dennoch vor der Tür stehen und beobachtet die beiden im Zimmer.

Frau Kottan schaut sich um.
»Ein sehr schönes Zimmer is' des aber net«, beschwert sie sich.
Pilz zuckt mit den Schultern.
»Ein sehr schönes Zimmer hab' ich auch net versprochen. Aber ein schönes Bett gibt's.«
Er lässt sich mit ihr auf das Bett fallen. Sie kichert dabei.
»Hugo? Und jetzt?«, ist Frau Kottan neugierig.
Pilz schaut verständnislos.
»Was jetzt?«
»Na willst dich net ausziehen?«
»Ach so, ja, doch.«
»So viel Zeit haben wir wirklich net.«
Sie lacht ziemlich albern und lässt ihre Schuhe vom Bett fallen.

Die Wirtin lehnt noch am Schanktisch in der Gaststube, als plötzlich Schremser und Schrammel durch die unversperrte Eingangstür eintreten. Schremser geht direkt auf die überraschte Wirtin zu.
»Guten Tag.«
»Tag, Herr Inspektor.«
Schrammel seufzt unhörbar, aber leidvoll.
»Wir haben heut leider zug'sperrt«, bedauert die Wirtin.
Schremser bleibt unbeeindruckt und kommt gleich direkt zur Sache.
»Danke, wir können eh lesen. Wir bleiben trotzdem. Und? Is' Ihr Sohn schon hinten bei die Zimmer?«
Überrumpelt schreckt die Wirtin auf. Sie weiß nicht, wie sie seine Worte deuten soll.
»Was?«

Schrammel hilft ihr auf die Sprünge.
»Na, vor der Tür. Spechteln.«
»Was wollen S' denn vom Erich?«
»Des wissen S' doch eh«, erwidert Schremser ungeduldig.

Die Wirtin (Erni Mangold) lehnt noch am Schanktisch und ahnt nichts von der Falle, die ihrem Sohn Erich (Michael Schottenberg) gestellt wird. Kottan hat so seine Methoden Täter zu überführen.

»Sie wissen ja, dass Ihr Sohn die Erna Beer ermordet hat und die Sylvia Koronek. Was Sie net wissen, is'... dass Ihre Gäste, die eben grad 'kommen sind und die sich hinten im Zimmer befinden, in Wirklichkeit die Frau Kottan und ein Beamter von der Mordkommission sind.«
»Die Frau vom Kottan?«, wiederholt die Wirtin. »Die war nie bei mir im Wirtshaus.«

Einen Augenblick lang sinkt sie zusammen, fängt sich aber sehr schnell wieder und will nach hinten zu den Zimmern laufen, um ihren Sohn zu warnen. Schrammel versperrt ihr den Weg.

»Bleiben S' bitte da!«

»Ihr Sohn wird sowieso gleich wiederkommen«, verspricht Schremser.

Die Wirtin setzt sich hin, stützt den Kopf verzweifelt auf ihre Hände. Dann bringt sie voller Hoffnung einen Einwand vor.

»Wann s' so sicher sind, warum verhaften S' ihn dann net ganz normal?«

»Wir haben noch keinen sicheren Beweis«, gibt Schremser unumwunden zu. »Des haben wir wahrscheinlich eh Ihnen zu verdanken.«

»Ein Beweis wird Ihre Theatervorstellung da niemals«, meint die Wirtin verächtlich. »Gar nix können S' beweisen.«

Schremser bleibt weiterhin ehrlich.

»Eh net«, erklärt er ruhig, »aber es wird eine gute Basis für ein Geständnis.«

Schremser gibt Schrammel ein Zeichen, der in die andere Gaststube geht und sich beim Ausgang zum überdachten Hof postiert. Schremser selbst bleibt bei der Wirtin.

Im Gästezimmer kniet Pilz auf dem Bett. Den Rock hat er schon ausgezogen, jetzt knöpft er sein Hemd auf.

»Is' des alles?«, kichert Frau Kottan provokant.

Pilz opfert auch noch sein Leibchen und verlangt dann eine Gegenleistung.

»Jetzt bist du dran.«

Er umarmt sie, befingert dabei ihre Bluse und will den obersten Knopf öffnen.

Sie wartet noch ein paar Sekunden, dann steht sie plötzlich auf und in einem sachlichen Ton stellt sie fest: »Ich glaub, es reicht. Die Polizei muss jetzt jeden Moment da sein.«

»Ich weiß net«, zweifelt Pilz und bleibt noch auf dem Bett sitzen.

Frau Kottan platziert sich direkt vor der Tür und spricht bewusst laut.

»Na, so lang kann mein Mann ja gar net brauchen um die Gendarmerie zu verständigen. Der Wirt wird noch schön schauen, wenn er erfährt, dass die Sylvia gar net tot is'.«

Am Gang vor der Zimmertür reagiert Erich wie erwartet auf diese Bemerkung von Frau Kottan und schließt schnell den Spion. Er läuft polternd in Richtung Gaststube.

Erichs Schritte sind im Gästezimmer deutlich zu hören. Pilz beeilt sich zur Tür und stellt zufrieden fest, dass Erich verschwunden ist.
»Es hat funktioniert.«
Er geht noch einmal auf Frau Kottan zu, die ihre Weste wieder anzieht. Er streichelt sie.
»Unser Vorstellung is' schon aus«, lächelt sie.
»Schad'.«

Erich läuft inzwischen durch den überdachten Hof in die Gaststube. Schremser versperrt ihm mit seiner Krücke den Weg zur Straße. Erich dreht um, rennt ins andere Zimmer, zum Hinterausgang.
»Erich!«, ruft die Wirtin verzweifelt.
Schrammel, der dem Flüchtenden ebenfalls den Weg versperren will, wird umgestoßen. Erich entkommt durch den Hinterausgang ins Freie. Er rennt über den Hof an einem Wagen vorbei und läuft direkt in die plötzlich geöffnete vordere Autotüre. Kottan sitzt auf dem Beifahrersitz, er hat die Tür aufgestoßen. Der Gendarm Seitinger sitzt hinter dem Lenkrad. Kottan steigt aus, Erich liegt benommen auf dem Betonboden. Kottan reicht ihm die Hand.
»Kommen S', ich helf Ihnen auf.«
Sein Blick fällt auf Erichs Mutter, die jetzt in der Hoftür steht. Der Major bückt sich, zieht Erich hoch und bringt ihn weg.

STIMMEN

Stimmen der Öffentlichkeit zu „Der Geburtstag":

»Die eigentliche Handlung liegt in der Beschreibung von Menschen: So läuft die Tatsache, dass der grenzdebile Spanner der Mörder ist, eigentlich wider jede Krimi-Spannung. Dafür werden Polizisten nicht als Supermänner gezeichnet, gleichzeitig aber auch nicht als Trottel hingestellt, sondern als normale Menschen, die auch einmal *angefressen* sind, die ihre Familienprobleme haben. Eine nicht unerfreuliche Produktion aus der neuen Zusammenarbeit zwischen ORF und Jungliteraten.«

Horst Christoph, DIE PRESSE, 7. Juni 1977.

»Mit dieser Sendung hat die Programmgestaltung des ORF einen nicht mehr zu unterbietenden Tiefstand erreicht. Man hat offensichtlich keine Mühe gescheut, möglichst Negatives zusammenzutragen. Als Österreicher schämt man sich bei dem Gedanken, dass solche Sendungen auch im Ausland empfangen werden.«

P.Geppert, SALZBURGER VOLKSBLATT, 10. Juni 1977.

»Solche Trotteln sind die Polizisten auch wieder nicht ... die Sendung hätte heißen sollen: Mundl ermittelt ... man sollte dagegen einschreiten ... das ist die reinste Diskriminierung ... eine Gemeinheit, die Polizei so hinzustellen, in einer völlig unlogischen Geschichte ... ein Skandal ... ein Dreck...

...besser als jeder *Tatort* ... großartige Unterhaltungssendung ... gute Dialoge, unterhaltsam...«

Auszug aus dem Telefonprotokoll des ORF-Kundendienstes, 5. Juni 1977.

NACHRUF

Entstehung und Heldentod von
„*Kottan ermittelt*"

Kottan wurde 1975 mit einer Erzählung für eine Krimi-Anthologie für junge Autoren geboren. Aus der Geschichte wurde ein Hörspiel, dann ein Drehbuch für einen Fernsehfilm. Die Zusammenarbeit mit dem Regisseur Peter Patzak ergab sich zufällig. Aus der Reihe (ein Film im Jahr) wurde eine Serie.

Die Reaktionen, Ablehnung und Zustimmung, waren von Anfang an rigoros, laut, wütend, überschwänglich. Die heftige Ablehnung hat sich bis heute nicht verändert. (500 bis 1.500 Beschwerden werden bei jeder Sendung eingesammelt. Ein paar hundert Zustimmungen gibt es auch meistens. Zig-Millionen Projekte werden dagegen nur mit ca. 30 ausgewogenen Anrufen eher gelassen aufgenommen).

Stiller geworden sind mittlerweile nur Politiker und so genannte Sicherheitsexperten, die sich nicht ewig mit den gleichen Argumenten blamieren wollen.

Die meisten Angriffe wirken im Nachhinein lächerlich. Der Fortbestand der Reihe war trotzdem stets gefährdet. Auch aus anfänglichen Befürwortern sind manchmal Gegner geworden, weil wir die Filme immer weiter verändern wollten, sich also auch Kottan-Freunde nicht auf ihr fertiges Kottan-Bild verlassen konnten.

Mittlerweile ist *Kottan ermittelt* eine der meistgesehenen TV-Sendungen in Österreich, aber auch die am schlechtesten bewertete. Letzteres liegt vor allem daran, dass auch die Gegner emsig schauen, um sich hinterher enttäuscht und beleidigt zu zeigen.

Über *Kottans* Zukunft lässt sich nichts Genaues sagen. Kottan muss veränderbar, unberechenbar bleiben. Derzeit halten wir bei der absurd-antiautoritären Komödie, die trotzdem mehr bewegt als Filme, die sich aus Prinzip das Etikett realistisch umhängen.

Ziemlich sicher wird *Kottan* einen plötzlichen Tod erleben.

Wien, im April 1982
Helmut Zenker

Zwischen 1981 und 1983 entstanden die zwölf 60-Minuten-Filme für ORF und ZDF. 1983 wurde die Reihe eingestellt. Der ORF redete sich auf das ZDF aus, das ZDF auf den ORF. Tatsache ist, dass der damalige Generalintendant Gerd Bacher, der sich eigentlich ins Programm gar nicht hätte einmischen dürfen, die kurz zuvor bewilligte „Funktionslösung" (die Abschaffung der zwei unabhängigen Programmintendanten) ausprobieren wollte.

Viel mehr als „Kottan ermittelt" war damals nicht mehr übrig um seine Macht, etwas abzuschaffen, auch demonstrieren zu können.

Klosterneuburg, im Februar 1989
Helmut Zenker

Die Absichten der *Kottan*-Macher

Der Plot ist innerhalb des formalen Spielraums variierbar. Allerdings werden in den Geschichten die Schwächen der Hauptfiguren in Tugenden umgewandelt, *Kottans* psychisches Krankheitsbild wird sichtbar.

Kottan der Polizist begegnet *Kottan* dem Gesetzesbrecher. Objekte werden personifiziert und bedrohen die Personen, die sie benützen wollen. Verfolgungsjagden eskalieren sinnlos. Bild und Ton sind manchmal nicht mehr gleich lautend, beispielsweise wenn ein Hilfeschrei als Polizeisirene hörbar wird, oder wenn Filmmusik einzelne Szenen nicht unterstützend begleitet, sondern sie ironisiert.

Schließlich richtet sich der Film gegen das Medium Fernsehen und ganz zum Schluss auch dagegen, dass er nur ein Film ist. Zu welcher Einschätzung man auch immer kommt, jedenfalls ist *Kottan ermittelt* unsere Reaktion auf vorherrschende Fernsehprogramme. Die Serie erfüllt unseren Anspruch, provokativ und produktiv zu sein.

Auszug aus einem Interview mit Regisseur Peter Patzak, das Joachim Riedl 1979 in Wien geführt hat.

Wie alles begann

Über den geistigen Vater von Kottan,
Autor Helmut Zenker

1974 schrieb Helmut Zenker die erste Kriminalgeschichte um den Wiener Polizeimajor Adolf Kottan. Vorerst wollte kein Verlag Zenkers Geschichte veröffentlichen. Unbeirrt wandelte Zenker das Manuskript in ein Hörspiel um, das umgehend vom Südwestfunk (SWF) produziert wurde.

Die Radiosendung *Kottan ermittelt* wurde im Frühjahr 1976 erstmalig ausgestrahlt und war auf Anhieb ein Erfolg. Noch im selben Jahr erlebte Major Kottan schließlich seine Fernseh-Premiere beim ORF.

Zwischen 1981 und 1983 brachte der ORF den Major und seine Ermittlungen in Koproduktion mit dem ZDF auch in deutsche Haushalte, was erwartungsgemäß für großen Wirbel sorgte.

Im selben Jahr erschien auch das erste Buch, dem dann zahlreiche weitere folgten. (siehe Umschlagtext)

Helmut Zenker hat mit *Kottan ermittelt* einen Kriminalfilmtypus geschaffen, der bis dahin im deutschsprachigen Krimi unbekannt war, frei jeglicher Effekthascherei, der ohne Psychologisierungen und Phänomenalisierungen auskam.

Helmut Zenker erhielt für *Kottan ermittelt* den *Adolf Grimme Preis* und die *Goldene Kamera*, die er gemeinsam mit Peter Patzak entgegengenommen hat.

Er verstarb plötzlich und unerwartet kurz vor seinem 54. Geburtstag im Januar 2003.

Über den Geschichtenerzähler, Regisseur Peter Patzak

Peter Patzak ist am 2. Januar 1945 in Wien geboren, studierte Psychologie, Kunstgeschichte und Malerei, bis er bei einem zweijährigen USA-Aufenthalt die Liebe zum Film entdeckte.

Von 1968 bis 1970 arbeitete Patzak bei einem Fernsehsender in New York. Nach der Rückkehr in seine Heimatstadt drehte er bereits 1972 seinen ersten Kinofilm *Die Situation*. Bekannt wurde Peter Patzak vor allem mit der Serie *Kottan ermittelt*, für die er in der Zeit von 1976 bis 1983 insgesamt 19 Folgen inszenierte und gemeinsam mit Helmut Zenker den *Adolf Grimme Preis* und die *Goldenen Kamera* erhalten hat.

Regisseur, Patzak war auch an zahlreichen internationalen Produktionen beteiligt wie z.B.: *Der Joker* (1987) mit Peter Maffay, Elliot Gould und Armin Müller-Stahl, *Killing Blue* (1988) oder dem deutsch-französischen Kinofilm *Wahnfried* (TV-Titel *Richard und Cosima*).

Eine Auswahl seiner Regiearbeiten: 1978 *Kassbach*, 1979 *Gesundheit, Santa Lucia*, 1980 *Match*, 1982 *Phönix an der Ecke*, 1983 *Strawanzer*, 1984 *Die Försterbuben*, 1986 *Der Aufstand*, 1987 *Der Joker*, 1988 *Killing Blue*, 1990 *St. Petri Schnee*, 1991 *Rochade*, 1995 *Shanghai 1937*, 1995 *Glück auf Raten*, 1996 *Crazy Moon*, 1996 *Schmetterlingsgefühle*, 1997 *Rot ist eine schöne Farbe*, 1998 *Mörderisches Erbe* u.v.m.

Peter Patzak ist seit 1993 Professor für Regie an der Wiener Filmakademie und lebt in Wien.

Früchte des Erfolgs: Helmut Zenker und Peter Patzak freuen sich über die Verleihung der Goldenen Kamera vor internationalem Presserummel.

LOKALAUGENSCHEIN

Die „Kottan ermittelt"
Originalschauplätze

Hinter den Kulissen von „Der Geburtstag"
einst und jetzt

1. Die Kaasgrabenkirche

Ort: 1190 Wien, Kaasgrabenkirche

Szene/Handlung:

Eingangsszene: Kottan verfolgt den „Taschenmarder" in eine Kirche und verliert das Laufduell aus der Kirche über die verschneiten Stiegen (Bild 1).
Dem Verdächtigen gelingt es sein Auto zu erreichen und davon zu fahren. Kottan hält einen heran kommenden Wagen an, in dem ein Pfarrer sitzt (Bild 2). Er liefert sich mit dem Verdächtigen eine wilde Verfolgungsjagd, bis Kottan und dem Pfarrer, einem nebenberuflichen Rallyfahrer, schließlich der Sprit ausgeht.

Ortsbeschreibung:

Besagte Kirche liegt in der Nobelgegend Wiens, im 19. Wiener Gemeindebezirk, in Grinzing. Die Gegend ist bekannt für ihre Vielzahl von Weinheurigen und liegt am Rande des Wiener Waldes.
Die Kirche ist gegenüber der Paracelsus Privatklinik gelegen, mit dem Grinzinger Friedhof dahinter. Die Verfolgungsjagd hat über die Einbahn in die Kaasgrabengasse geführt, und dann weiter Richtung Stadtzentrum.

Auffälligkeiten/Veränderungen:

Die Kirche mit ihren beiden auffälligen Treppenaufgängen hat sich seit den Dreharbeiten im Winter 1976/77 nicht verändert (Bild 3). Die Gebäude in den Alleen am Fuße der Kirche haben bis auf die Fassade nicht viel Veränderung hinnehmen müssen. Überhaupt ist die Gegend mit ihrer Ruhe und ihrem Erholungswert für Heurigenbesucher weitgehend erhalten geblieben.

Kottan verliert das Laufduell gegen den *Taschenmarder*, über die verschneiten Stiegen der *Kaasgrabenkirche*. (Bild 1)

Kottan hält einen vorbeikommenden PKW an, um die Verfolgung aufzunehmen. (Bild 2)

Die *Kaasgrabenkirche*, der einstige Drehort, wie sie sich heute präsentiert. (Bild 3)

2. Wirtshaus nahe Kottans Wochenendhaus

Ort: 3430 Langenlebarn, Heute: Pizzeria Pantalone

Szene/Handlung:

Das Wirtshaus in Langenlebarn kommt erstmalig ins Bild, als Kottan die Getränke für seine Feier abholt. Ebenso wurden die zahlreichen Innen- und Außenaufnahmen hier gedreht. Die Verhaftung des Wirts Erich (Michael Schottenberg) findet links neben dem Haus, im Gastgarten statt (Bild 5).

Ortsbeschreibung:

Tatsächlich befindet sich heute kein normales Wirtshaus mehr an dieser Stelle, sondern die Pizzeria Pantalone in Langenlebarn (Bild 4). Der Ort liegt rund 35 Kilometer nordwestlich von Wien nahe Tulln und beherbergt seit jeher eine Kaserne des österreichischen Bundesheeres, den Fliegerhorst Langenlebarn.

Auffälligkeiten/Veränderungen:

Abgesehen von einem sichtbar neuen Dach und einer neu asphaltierten Straße, sind in der Pizzeria Pantalone heute aufgrund der Nähe zur Kaserne und zur Schnellbahnhaltestelle immer noch treue Staatsdiener anzutreffen. Ihnen allen ein fröhliches: »Servas Bundesheer, servas Bundesbahn!«

Das heutige Aussehen des Wirtshauses von Frau Wirtin (Erni Mangold) und ihrem auffälligen Sohn Erich (Michael Schottenberg). (Bild4)

Erich, der Sohn der Wirtin, wurde hier von Kottan *eingenäht*. (Bild5)

Der Autor

Helmut Zenker
1949 - 2003

Seit 1973 freier Schriftsteller, seit 1989 auch Regisseur. Romane, Theater, Kinderbücher, Lyrik, Drehbücher, Comedy, Essays, Comics, Lieder. Seine Bücher sind in 23 Sprachen erschienen. Mitbegründer der Literaturzeitschrift „Wespennest" 1969. Zahlreiche Literaturpreise. TV- und Filmpreise (für „Kottan ermittelt" und „Tohuwabohu") u.a.: Goldene Kamera, Adolf Grimme-Preis, Preis der Berliner Filmfestspiele, UNESCO Preis, Romy, New York Video Award. Alle Drehbücher für „Kottan ermittelt" (ORF und ORF/ZDF 1976 – 1983) und für „Tohuwabohu" (ORF und ORF/BR 1990 – 1998) / auch Regie, Schnitt). Zahlreiche Fernsehspiele. Drehbücher für neun Kinofilme. 15 Hörspiele (z. T. gemeinsam mit G. Wolfgruber). Lieder, Texte und Arrangements für diverse Pop-Produktionen. 1984-88: Pop-, Literatur- und Kabarett-Produktionen für das eigene Label Ron-Records, mit Lukas Resetarits, Hans Krankl, Kottans Kapelle, u.v.a. Helmut Zenker war Lastwagenfahrer, Briefträger, Sonderschullehrer in Wien, Mathematik- und Musiklehrer in Tirol.

AUCH ERSCHIENEN IM

Die Drehbücher

Gauxi Himmel aus dem Genre Krimikomödie und Rita Flamm im Thriller Fach sind die ersten Protagonisten der neu geschaffenen Buchserie im Drehbuchverlag.

Es ist angerichtet

Nehmen Sie sich Zeit für ein reichhaltiges Menü an delikaten Kurzgeschichten, bei denen Sie sich schaurige, bizarre und fantastische Begegnungen einverleiben können. Für garantiert packenden Spannungsgenuss sorgen zweimal "6 Menüs", in denen übergewichtige Ratten, schießwütige Blondinen und finstere Mächte im Internet ihr Unwesen treiben.

DREHBUCHVERLAG

NEUERSCHEINUNGEN

Kottan ermittelt:

Der Kriminalbeamte und Möchtegern-Rockmusiker Major Adolf Kottan feiert mit seiner Abteilung ein unwiderstehliches Comeback wie Phoenix aus der Asche.

„Es ist erschreckend, weil alles der Wahrheit entspricht." **Anonymer Polizist**

IM DREHBUCHVERLA

NEUERSCHEINUNGEN

Kottan ermittelt:

Der Kriminalbeamte und Möchtegern-Rockmusiker Major Adolf Kottan feiert mit seiner Abteilung ein unwiderstehliches Comeback wie Phoenix aus der Asche.

„Vielleicht ist das alles gar kein Spaß, sondern nur eine tiefere Einsicht in die Zusammenhänge unseres gesellschaftlichen Lebens." ***FAZ***

M DREHBUCHVERLAG

AUCH ERSCHIENEN IM

Minni Mann

Die erfolgreiche Detektivin ist rothaarig, kaum 1,20m groß und gehbehindert. Sie ist alkohol-, kitschsüchtig und intellektuell. Ihre Partner sind ein riesiger Hund und ein übergewichtiger Dauerstudent, der sich manchmal als Fotograf nützlich macht. In der Rubrik „besondere Leidenschaften" nennt Minni regelmäßig in ihren Kontaktinseraten: Das Quälen von Polizeioberst Lucky Bittner, Morddezernat Wien.

DREHBUCHVERLAG